U0950927

有爱的青春陪伴者

这么好看的人，属于我

Zheme Haokan De Ren, Shuyuwo

李小太 著

贵州出版集团
贵州人民出版社

图书在版编目（CIP）数据

这么好看的人，属于我 / 李小太著. -- 贵阳：贵州人民出版社, 2020.3
ISBN 978-7-221-15791-1

Ⅰ. ①这… Ⅱ. ①李… Ⅲ. ①长篇小说－中国－当代Ⅳ. ①I247.5

中国版本图书馆CIP数据核字(2019)第295104号

这么好看的人，属于我

李小太 / 著

出版统筹：陈继光
选题策划：大鱼文化
责任编辑：唐　博
特约编辑：阿　灯
装帧设计：蔡　璨
内页设计：西　楼
封面绘画：扎小扎
出版发行：贵州人民出版社（贵阳市观山湖区会展东路SOHO办公区A座 邮编：550081）
印　　刷：长沙鸿发印务实业有限公司
开　　本：880×1230毫米 1/32
字　　数：163千字
印　　张：8.5
版　　次：2020年3月第1版
印　　次：2020年3月第1版
书　　号：ISBN 978-7-221-15791-1
定　　价：36.80元

贵州人民出版社微信

CONTENTS

目录

第一章 /001

迟早都是一家人

第二章 /029

你从来不把我的话放心上

第三章 /059

四年了，好久不见

第四章 /090

送你一颗糖

第五章 /114

你的怀抱，能融化我一身的不安

第六章 /135

明年也会好好爱你

CONTENTS

目录

第七章 /158

用我的爱，来治愈你的伤

第八章 /186

不想让我的女孩受委屈

第九章 /212

又是家，又是属于你的人，就是家属

第十章 /238

你终于同意了我的求婚

番外一 /253

这么丑的人我还嫁呢

番外二 /258

所以我养一个就够了

第一章

迟早都是一家人

夏日傍晚时节，一场骤雨刚刚落毕。此刻乌云散尽，玉宇澄清，天上的霞光夹金带粉，地上积起的水洼坑坑点点，透彻见底。

陈妙上身穿着一件松松垮垮的短袖，下身是一条常见得不能再常见的短裤，打扮得活像个体格强健的男孩儿。她骑着辆自行车穿街过巷，七拐八拐好不容易甩开身后的滚滚人流，枉走了三四圈冤路之后，才终于到了这藏在小胡同边上的茶楼面前。

检票的小哥哥颇为热心地上前招呼道："您这自行车停哪儿？"

陈妙收回零钱，看了一眼自己的破车："别让收破烂的给我搬走就行。"

小哥哥手把着车推到了票房里侧，陈妙道了声谢，就溜进了茶楼。

待到她偷偷摸摸对着桌号坐好时，主持人已经在介绍演员，陈妙抬头一瞧，只见这台上端端正正地立着两个麦架，一张场面桌，再往后是好大一块整绸布，四角绣龙描蝠，当中又贴了一大块团锦，十分气派隆重。

主持人是个穿对襟褂子的中年人，说话的口音字正腔圆：“首先开场的这位演员呢，也是咱茶馆儿新近十分炙手可热的一位小人物。说他小呢，是因他年岁确实不大，今年也才刚刚年满十八；说他是人物，却也的确是个人物，熟悉他的老观众，都知他在江湖上有一诨称叫‘小赵爷’，出身相声世家赵家，也是赵家第四代唯一还端这碗饭的人。好，咱们闲言少叙，下面就有请赵兟，为我们带来快板书《双锁山》！掌声欢迎！”

底下坐着的观众们纷纷鼓起掌来，赵兟也从侧幕条中闪身而出，先是对着大家深鞠一躬，而后对着主持人下去的方向笑说：“哎哟，这邓伯伯可真麻烦，每次都说这么一长溜儿。”又转过来对着大伙儿，“我呀，还是个艺术道路上的小学生，都是承蒙大家捧我。”

前排的观众就逗他，笑着搭茬：“什么时候毕业啊您？”

赵兟比着手指头“嘘”了一声。

“这话可不敢随便说！我爷爷都在台上说了几十年了，人家都还没说自己毕业呢。”他低头收拾桌子，正正麦架，拿起快板，端好姿势，又开口，“这学也够难念的嘿。”说完他自己也忍不住乐，脸上带着点儿笑，扬扬手，“咱们是打板就唱！”

陈妙临出门之前从家里抓了一把瓜子儿，这时从兜里小心摸出几颗，也一同混在喝茶吃瓜的观众中轻声嗑了起来。她边嗑边看台上，心想这赵兟可真是有长进，当年从家里出来时无这般高，也无这般有能耐，天天被她爸——从辈分上论，应该算是赵兟的师爷，堵在墙角爆捶，脸哭得跟花猫似的。

现在他能耐见长了，人也好看许多。

十八岁的小伙子一天一个模样，从前陈妙只觉得赵兟眉清目秀，如今再见却从他脸上看出了点神采，目若朗星，唇红齿白——这少年人好一身俊朗的气派！七块板儿上系好的红穗子随着他漂亮修长的手上下翻飞，珠灰的大褂袖口被挽得整整齐齐，露出一截白皙手腕，褂襟垂至脚踝，偶尔动动就如微波滚来，更衬得他身形挺拔。

台上的他神采飞扬，一句挨一句，节奏分明，松紧得当。

饶是陈妙是个行外人，多年的耳濡目染之下也懂得点鉴赏，说到好处时她便也和其余茶客一同拍手喊好。

最后，赵兟以一句“这就是双锁山高俊保相会刘金定，到下回力杀四门，疆场以上立大功”结束了表演。现场响起热烈的掌声，他弯弯腰，便潇潇洒洒地下台了。

陈妙一边鼓掌，一边问身边的一个老大爷：“大爷，他们这儿的演员谢幕吗？”

老大爷略一回想：“倒是没这个规矩，主要是他们这演出时间当不当正不正，有的演员还有下场演出，所以就一直没组织过演员谢幕。不过，这小赵倒是一直跟着谢，他家好像就住旁边那个小区。”

陈妙说了句“得嘞”便拍了拍手上的瓜子皮，直奔了后台。

她悄悄地到了后台台口，这会儿赵兟刚把衣服换好，正坐着喝水。

陈妙从屏风边儿上露出个脑袋，喊了句“赵兟”。

赵兟抬头一看，一口水喷了出去，连咳不止。陈妙赶忙过去拍他后背，他呛得厉害，不得不拽着她跑到里屋去咳，生怕被坐在前排的观众听见动静。

陈妙大笑：“你这胆子也太小了吧，见了我吓成这样？”

赵兟缓了缓，抬头看着陈妙，眼睛一亮：“你咋来啦？你还在打乒乓球吗？是来这儿打比赛的吗，还是来集训啊？咱们晚上一起吃饭吧？我爸前两天儿还念叨你们来着，不过这倒好，你们来了吧，他跟我妈倒出差去了。”

陈妙摇头：“我不去，我晚上有事。我是听我爸说你在这儿唱快板，才想着过来看一眼的，一会儿就走。”

赵兟老大不乐意了，拖长了声：“你——什么重要事啊？咱们这多少年没见了，怎么刚见我就要走？”

“我晚上得去看场比赛，冯冠今的单打。”

“你俩还没断联系？”

“废话，我俩一个队的。”陈妙伸腿就想踹赵兟一脚，无奈他躲得飞快，边躲边说：“那看冯冠今比赛也不着急啊！我先领你吃口饭去吧。”

“小赵爷不谢幕啦？”

赵兟去柜子里拿包，大剌剌地在身上挎好，过来把陈妙翻了个个儿，推着她的后背就往前走，笑嘻嘻地说：“师姑说笑了，我哪儿担得住您叫小赵爷，叫我小赵，小赵就行……”

陈妙虽然有师姑之尊——但其实要真算起来，她生日还比赵兟晚半年。

两人打着趣出了门，直到赵兟看着陈妙这破自行车，忍不住翻了个白眼，“嘶嘶”地直咧嘴：“你这个能行吗？”

陈妙觑了他一眼：“你放心就是了，我刚来那天，我爸就骑这个去火车站接的我，我还拎了不少东西呢，可牢固了，就是看着破了点。”

赵兟试探性地坐上后座，还是有些不安：“你骑自行车的技术可还行？”

陈妙也跨上前座，一副准备就绪的模样：“呵，笑话。我当初要不是先一步被乒乓球队选走了，这指不定就去搞公路自行车了，你就放心吧。说吧，咱们去哪儿？”

“隔壁街，不过咱俩得掉个头，前面修路，有个大坑。”

“行，你抱着我点儿。”

赵兟连连摆手，说出的话都有些磕巴：“不，不了吧。这条街都是茶馆，来来往往的，我……我也都认识。”

陈妙轻笑一声：“这是你自己选的啊！”说罢便用力一蹬，自行车晃晃悠悠地驶了出去。

“哎哟——”赵毓一个不稳就扑到了陈妙后背上，下意识伸手环住了她的腰。

陈妙一点儿没减速，两人耳边呼呼生风，赵毓扯着嗓子喊她：“我就说你这破自行车不行！你这后座整个就是松的！我刚才差点儿就被晃出去了！”

陈妙没回头，只大声喊回去：“我又不是没提醒你！”

二人重聚短短不到十五分钟，赵毓那点儿因为多年疏离而被迫产生的谦和有礼就一扫而空。他觉得自己一下子梦回十年前，十年前的自己还在上小学二年级。

那一年，不知道在多少个昏黄的灯光下，赵毓在日记本上一笔一画地写着：

“我恨陈妙。我最恨陈妙。陈妙世界第一坏。她就是世界上最坏的坏人。”

似乎写下来就能发泄这满腔的憋屈了。

而现在，他一只手抱着装行头的包，一只手搂着陈妙，战战兢兢，心里也是颇为憋屈。

夏夜的风吹过来，带着雨水的味道，溽热尽消，十分凉爽。

眼下这局势看似是无比和谐，实则波澜暗涌——

陈妙仗着赵毓看不见她的表情，笑得龇牙咧嘴十分放肆；赵毓想和陈妙打一架的想法则是清清楚楚地写在脸上，他比陈妙高出将近一头，减去车座和后座之间的高度差，他头正好能搭到陈妙的领子。

赵兟气鼓鼓地想：我能不能再往前凑一凑？把她大动脉咬折了得了。

二人酒足饭饱，再出门时已是夜色沉沉，星斗满天。

赵兟叉着腰摇来摆去："你还去看冯冠今比赛吗？是那个老体育馆吗？西马路那边那个？"

陈妙说了句是，便低头查起地图来。

赵兟说："你别找了，我跟你去吧，天挺晚了，我知道在哪儿。我也老久没见冯冠今了，想他了。"

陈妙略一皱眉，一副"我怎么就不信"的模样："你想他？"

"啊，当然啊。冠今兄一表人才，谁能不爱呢？"赵兟去自行车后座坐好，又拍着车座，"快来，咱抓点紧。"

陈妙收起手机走过去："我总觉得你没安好心。"

"欸，陈妙你这话说得可就不讲理了，我是那样的人吗？"赵兟不满地嚷嚷。

陈妙上下打量着："还真是。"

赵兟耍起赖来："走吧走吧走吧，能行。我去门口找个票贩子买张票，肯定做文明观众。"他抬起手腕看了眼表，"真得快点儿走了，那地方可不近。要不你先把这破车扔这儿，我回头来取，咱俩坐公交车去也行。”

时间已经不早了，公交车上空空荡荡的。两人投币上车，陈妙直奔最后一排靠窗的座位，赵虓慢悠悠地晃过去，也往她身边一坐。

他看了眼手机，七点二十五分。

七点二十六分。

七点二十七分。

七点二十八分。

也就是上车三分钟之后，陈妙就睡着了。

陈妙枕着窗户边上的栏杆睡得特香，一头短发被风吹得乱七八糟。车子拐弯，她就往外蹿一下；车子路过个坑，她也跟着磕一下，磕也磕不醒她。

赵虓把手机伸过去，对着陈妙偷偷拍了几张照片，拍完后又想了想，轻轻扶着她的脑瓜儿想拨到自己肩膀上。

陈妙没睁眼，只是一扭，又回到了栏杆边，继续跟栏杆死磕。

赵虓几番尝试不成，只能硬从陈妙脑袋和栏杆之间挤过去一只手，托住她，做个缓冲。

他伸着胳膊，身体自然也向那边倾斜。

他俩之间的距离近点儿，再近点儿，即便是近视眼的赵虓也把陈妙看得一清二楚。

那年他离开时，陈妙父母正忙着打离婚官司，没人管她，再加上她一个人在球队练球，也不知道对自己好点儿，于是瘦得几乎只剩下一把骨头。

赵虓还记得那天自己上车之前，特意跑到训练中心去，把多年攒的压岁钱统统都给了她。结果陈妙没怎么样，他自己倒是先哭得一把鼻涕一把泪，说下次见面她要还是这个体格，就再也不和她做朋友了。

再见面，就是现在了。

他伸手轻轻捏了一下陈妙的脸，心想：还行，还有点肉。

赵虓往陈妙身边靠了靠，又靠了靠，却又不敢把整个人都倾过去，像是护着怀里一块珍贵得不得了的琉璃瓦，生怕它碎掉，又生怕它不见阳光，没有光彩。

他真是藏了许多许多话，想要对她说呀。

此刻忽然感到无比安心，不知不觉中，赵虓也沉沉睡过去了。

两人再醒的时候，车已经到终点站了。

陈妙是被司机叫醒的。她一动，趴在她肩膀上的赵虓也醒了。

赵虓甩了甩麻了的手，眯着眼睛："这是哪儿啊？"

陈妙也一脸蒙："这是哪儿啊？"

两人下车往地铁站走，都是又好气又好笑。赵虓首先绷不住，笑出了声。陈妙快走几步过去捶他，越捶赵虓就越笑，最后她自己也笑了出来。

两个人在人行路上一前一后笑弯了腰。

赵兟右手把帆布包抡成个圆儿，陈妙走在他左边。

“哎，我这左胳膊现在还麻呢，估计是坏死了，回家就得去厨房抄起菜刀自我截肢。”赵兟捏着嗓音故意甩了甩手。

陈妙哼唧几声：“从此您小赵爷的名头前面须得再加‘独臂’二字，‘独臂小赵爷’，听起来武力值挺高。”忽然又想到什么似的，她停下脚步，“你是不是故意的啊，故意不让我去？”

赵兟也跟着停步，浑不吝地摇头：“反正我说我不是故意的，你肯定也不信。这样，咱俩各让一步，一半一半，你觉得行不行？”

“行吧，那我就勉勉强强……”

赵兟忽然开口：“你是不是喜欢他啊？”

陈妙愣住了。

“算了，你当我没问。”他又重新迈开了脚步。

路灯的光打下来，照得陈妙头上肩上一片橙黄，过了好半晌她才开口道：“这估计是冯冠今最后一场比赛了，他过两天就出国了。”

赵兟一愣。

冯冠今和陈妙一样，也是打乒乓球的。说起来陈妙打乒乓球，跟冯冠今还有点关系。冯冠今比赵兟和陈妙大几岁，一直是父母口中的“别人家的孩子”，陈妙小时候就很崇拜他，赵兟还记得自己那个时候心里特不是滋味。当年赵毪走之后，和他们一众人都断了联系，但好歹知道大家都还在国内，再见面也是不难的。

陈妙忽然笑起来：“也没事，他是走了又不是死了，以后肯定还有机会。”

赵毪张了张嘴：“说得我心里倒有点难受了，感觉耽误了个大事。”

“嗨，别内疚，这也不是你耽误的头一件了，当然我估计也不是最后一件。”陈妙上前拍了一下他的肩膀。

赵毪半天没说话，走得也慢了点。

到了地铁站入口，他又把话头挑起来：“其实我刚刚挺想说，那我以后就少跟你玩，不耽误你事了。可咱们好几年没见了，刚碰见就让我说这话，我实在舍不得。”

陈妙也站住，仰头看着他，顿了顿，伸手揪住赵毪的鼻子，话音里都带着笑意：“你还敢不跟我玩了？行啊赵毪，长大了翅膀也硬了。”

听到这话，赵毪也笑了，一脸的心甘情愿。

怎么会不跟你玩呢，好不容易与你重逢，我怎么舍得丢下你。

夏日沉闷，总是让人懒洋洋的，往年的这个时候赵毪最喜欢赖在空调房里，或是被爷爷赵四爷抓着练习。但今年自从和陈妙重逢之后，他一反常态，时不时就去找陈妙，似乎是要把过去几年浪费的时间全都补回来。

陈妙本就刚搬来这里不久，球队里也正好放了一个月的假，正是闲得慌的时候，也乐得和他一块儿。

这一日赵四爷通体舒泰，正躺在阳台摇椅上瞎晃。赵兟见左右无人，偷偷跑到他跟前："爷爷，我出趟门啊。"

赵四爷斜他一眼："你小子做什么去？这几日总是鬼鬼祟祟，莫不是和人打架闹事？不许去，在家好好学基本功。"

赵兟蹲下来，摇晃着他的手臂："哎呀，爷爷，我想去瞧瞧我陈师爷，他说好今天给我说活的。"

说活，意为指导节目表演。

赵四爷："哪块啊？"

赵兟眼珠子一转："呃，《空城计》。"

"他的《空城计》还是我过的，有什么不懂的我直接给你说。"

"哎呀，爷爷。"赵兟撒娇，"您就让我走吧。"

"说吧，你到底干什么去？"

赵兟泄了气，往地上一坐："我找陈妙去。"

"人家陈妙不训练吗，哪有工夫陪你玩？噢，对了，你拨个电话给她，我要问问贤侄女何时来咱家小住？我陈师弟又要随团下基层，前些日子将他女儿托付给了我。"

赵兟一听眼睛都亮了："我亲自去问，这不显得挚诚嘛！我这就去，爷爷您放心吧，陈妙不训练了，她也放短假。"说完也不给赵四爷说话的机会，一溜烟地跑了。

离开家后，赵兟顶着烈日“吭哧吭哧”地骑着自行车来到了陈妙家楼下，此时他只觉得自己背心湿透，伸手一摸，果然身上都是汗。

停好车，他往有阴凉的地方一猫，从包里掏出一个喇叭来，一摁按钮，赵兟事先录好的声音缓缓传出，夹杂着点儿电流的响动。

“陈妙同志你好，我是你的朋友赵兟。我希望你赶紧下楼，舅妈家还有一个小时就要开始做饭了，要想赚钱，就不能睡觉……”

陈妙从三楼探出脑袋：“你给我关掉它！要不我一个猛子扎下去！”

赵兟慢悠悠地把喇叭拽到嘴边：“气性别这么大啊，好说好商量，倒数三分钟啊！”

陈妙把头缩回去，又在屋子里叮叮当当捣鼓起来。

这二位今天这事还得从前几天说起——

那天晚上赵兟睡不着，偷偷窝在被子里跟陈妙打手机麻将。两个人隔着耳机线一边打一边瞎聊，奈何赵兟说相声的水平不错，但这麻将打得太烂，最后成功被打成了负分。

“陈妙你假期干吗啊？锻炼身体吗？”赵兟关了游戏，两人索性只聊天。

“你觉得我是那种人吗？好不容易放假了还锻炼？那跟在训练中心有什么区别？我琢磨着把胃养养，今天刚刚买了个小锅，打算学做饭。”

“你想不想赚点儿钱？”赵赩一顿，“而且还能学做饭。”他忽然想起自己的小舅妈前段时间提过的一件事。

赵赩的小舅妈名叫郑佳，虽然担着一个“小舅妈”的名号，其实她岁数并不大，才二十多岁不到三十岁，毕业于某知名大学的心理学专业，现在在一家杂志社当编辑。

赵赩的小舅是个比较安稳的人，喜欢过平淡日子。

小舅妈郑佳就不是了。

他们杂志社平时说忙也忙，说不忙也不忙，干完自己的一摊子事儿，也就可以开始摸鱼。由于是一名面向少年儿童发行的杂志社的编辑，郑佳偶尔还要负责组织小作者培训，给孩子们上上写作课的工作。

这上课不要紧，可是郑佳一下子就上瘾了。在教学过程中，她发现自己似乎是一名被埋没已久的人民教师。

她的天赋技能，应该是——教学！

郑佳跟赵赩说：“大外甥我跟你讲，就我往那个台上一站，哎哟，那个感觉特棒。”

郑佳跟几个朋友一商量，决定开个补习学校，主要教小孩写作和国学，还兼做心理辅导与职业规划。地方找好了，装修的钱和租金从哪儿来呢？换句话说就是，启动资金从哪儿来呢？

赵赩的小舅本来说这钱他掏了，可郑佳偏不，最后决定卖盒饭赚钱。

陈妙听到这儿惊得下巴都要掉了——这该是怎样的一位女中豪杰

呢？这位姐姐太深得她心了。

这不，两人就来帮厨了。

此刻赵犹在厨房择菜，陈妙跟郑佳一起打包盒子，郑佳爱说爱笑，很快两人就打成了一片。

陈妙仰着头活动筋骨：“小舅妈我可真羡慕您，我以后要是也能过这样的日子该多好，想做什么就做什么，什么拘束都没有。”

郑佳笑了：“你们的人生，会跟我的一样精彩，甚至会比我的还要精彩。”

陈妙垂着眼睛喃喃，手上的动作却没停，还在包盒子:“精彩什么呀，我总觉得我这辈子一眼都能望到头，又懒又没上进心，成绩也稀松平常，什么事都做不到最好。而且总是觉得，家里虽然只有我一个孩子，我爸却还是有更偏疼的人似的，跟我隔着点儿距离。”

“这人生还长着呢。你此刻是这么想，是这样的人，不代表你就得这么过一辈子。懒当然是可以懒的，但是心得一直在跳呀，眼睛也要向前看。”

“舅妈您这个学校啊，肯定能赚钱，跟您聊天，真是十分愉快。”

郑佳摸摸陈妙的脑袋，然后说要去瞧瞧赵犹。

赵犹这会儿正苦大仇深地跟菜叶子做抗争。

郑佳凑过来：“你倒是好好干啊，小心不给你工钱。”

赵犹把她拉到一边小声地说:“舅妈,我也想去跟陈妙一起包盒子。”

两人不约而同地往客厅看了一眼，陈妙正十分认真地裁一段彩带。

“噢！”郑佳戳了戳赵铣的脑瓜儿，“你小子有私心！我说你们赵家出了名儿的大少爷，怎么忽然跑来给我打下手？”

赵铣想说点儿什么，但是一琢磨，郑佳说得也确实对。

“舅妈您就让我去吧，我俩男女搭配，干活儿不累。你看她多柔弱，那根彩带都扯不断。”

你看她……多柔弱？

郑佳循着视线往那边一瞧——陈妙确实扯不断那根彩带，她四下里看看，似乎是在找剪子，没找到，然后就直接上牙咬了。

彩带应声而断！

不过，赵铣最后还是如愿以偿地被分配到了陈妙身边，跟她一起负责收钱。

郑佳和她的朋友摆了好大的阵仗，谁能想到此时站在大家面前，短裙及膝，谦和有礼，看起来是一位非常靠谱的都市丽人、职场女性的“销售部经理”郑佳，其实在半个小时前，还在厨房举着一个半人多高的大铲子，站在小凳子上炒菜呢？

赵铣和陈妙跟这帮人比起来，还是太随意了。

这会儿已经是傍晚了，陈妙折腾一天，站累了，索性现在就抱着一个钱盒子坐在路边，赵铣也凑过来，坐在她旁边。

赵铣说：“你在想什么？”

“我在想，刚才那个来买盒饭的小胖子的脸，真的好有肉感啊，好想捏他一把啊。”

陈妙已经控制不住自己的“魔爪”，悬着腕子捏着空气。她忽然转过来，对着赵毓：“让我捏一下。”

赵毓立刻两手护脸：“不行，我觉得你要把我脸皮薅下来。”

“让我捏一下。”

“不行。”

“那石头剪子布。”

赵毓立刻反应过来：“我凭什么跟你玩？”

陈妙瞄到了似乎更像小胖子脸的部位，她看准了时机，收好钱盒子，十分快速地捏上了赵毓的腰。

赵毓吓了一跳，拔腿就跑。

陈妙把钱盒子交给同行的人，在后面狂追不舍。

赵毓觉得自己做了多年的梦似乎实现了，他在前方奔跑，带着自己喜欢的女孩儿，一起去看那泛着粼粼波光的小河，夕阳下的两个人影一前一后，似乎被镀上了一层金。

那画面充满了说不尽的青春的美好。

这样的日子又过了几天，后来郑佳见两人也着实辛苦，索性给他们放了一天假。

休息的这天，陈妙在家里洗了衣服拖了地，正躺在地板上晒太阳，赵銑的电话就打过来了。

他语气懒洋洋的："晚上回家吃饭啊。"

"我爸上午刚走，你让我回哪儿？"陈妙有点摸不着头脑。

赵銑理直气壮的："回我家啊！我爷爷亲自下厨。"

陈妙应了，多年后她才反应过来，自己是不是一早就被这位爷占了便宜？

其实陈妙爸爸本来就把她托付给了赵家，就是赵老爷子的规矩实在是有些严格，比如说他老人家就是觉得，女孩儿就该有个女孩儿的样子。就说这衣服吧，今天陈妙穿得又跟街上跑的男孩儿没什么区别，这就不行，女孩子得穿裙子——好体现出优雅、恬静、乖巧、温和的个人气质。

陈妙对着穿衣镜想，她跟上述任何一个词，可都差着十万八千里呢。不过她还是愿意去，她去了，可就能充大辈儿了。

换好了衣服，带上水果，出发，半个小时后她敲响了赵家的门。

门是赵銑开的，他系着围裙，手里还拿着锅铲，火烧眉毛一样跑过来开了门，又火烧屁股一样跑回去炒菜。

赵四爷也在厨房忙活着，见是陈妙来了，连忙走过来招呼着："贤侄女来就来，怎么还买东西呢。"

是了，论辈分，她可是赵銑的师姑啊！

陈妙笑容可掬，比春晚主持人的还标准："赵伯伯好。"

“好好好，贤侄女稍坐啊，我去厨房看看我家那个不成器的。”

“赵伯伯辛苦了，有什么我能帮上忙的吗？”

“不用不用，你去沙发上坐着就行了，让那个臭小子弄去。”

赵兟在厨房竖着耳朵听，只觉得这便宜被占得太大了。他端着一盘凉拌西红柿，路过客厅，屈膝行了个礼：“陈妙姑姑来啦，您好呀！您身体最近可还好？看您的精神头儿可是不错。”

陈妙端坐在沙发上，继续微笑：“这不还是托你的福气吗，兟兟。”

赵兟抖落一身鸡皮疙瘩，放下盘子快步向赵四爷走去：“爷爷这是个假的！这才不是陈妙呢！爷爷您认认！她是假的！”

赵四爷拍了赵兟后背一把：“一大早就胡言乱语。”

赵四爷极重礼节，对陈家父女尤是。

原来陈妙家也算是相声界的一个小世家。陈妙的爷爷晚年才得了她父亲这么一个儿子继承衣钵，却在辈分上犯了难。当时为了给孩子谋口饭吃，陈妙爷爷找到了赵四爷，希望陈妙父亲能做他的代拉师弟（指帮着师父收徒弟，相声门里有个不成文的说法就是儿子不能拜父亲为师，所以子承父业说相声的通常都会拜在父亲同辈的门下），陈妙父亲为了入行，自此算是自降一辈，做了赵四爷的师弟。但因降了之后仍是大辈，所以陈妙父亲这一生就很少收徒。

赵四爷处处强调这辈分，为的就是让陈妙父亲能在圈子里立得住，哪知习惯成自然，便也没再想着去改。

饭桌上，赵四爷忙不迭地给陈妙夹菜：“多吃点这个，还有这个，都很新鲜。你哥哥嫂子，就是犹犹的爸妈啊，虽然不在跟前，但他们也表示了对你的欢迎。”

陈妙其实都快绷不住了——所谓占便宜一时爽，一直占一直爽。但她觉得人还是要适可而止，尝点儿甜头就算了，不要得寸进尺。毕竟赵犹那边，好像已经快要杀人了。

她看着饭碗，做害羞状，强忍笑意：“那我就谢过哥哥嫂子了。”

赵犹撇撇嘴：“我算是明白了，你们都在针对我。”

陈妙终于笑出来：“赵伯伯，您叫我陈妙就行，我跟赵犹也没差几岁，叫名字也无所谓。我爸反正也不在场，咱就别顾这么多了，多累啊。”

赵四爷放下筷子，笑眯眯的：“你们年轻人的事自己决定就成，反正我老头子这儿是决计改不过来了。”

赵犹和陈妙相视一眼，又动起筷子吃起来。

当天晚上十点。

赵犹正在给郑佳那个盒饭事业写宣传文案，陈妙穿着睡衣躺在他的床上看《炊事班的故事》，想笑的时候也不敢出声，只能把头蒙进被子里。

赵犹敲敲桌子，不满道：“你帮我写点儿呗，我实在想不出来话了。我不是不会写，就是吧，我现在满脑子都是大鼓词，东一套西一套的，没一句正经玩意儿。”

“凭什么？”

“吃我们家的、喝我们家的、睡我们家的，还不能帮我干点儿活了？”

“听不见，听不见，听不见。”

赵兟只能继续遭罪，他眼珠一转，忽然说道：“我跟你说，我爷爷今天给我找了个捧哏的，我应该很快就可以说对口（相声、山歌等文艺形式的一种表演形式，两个人交替着说和唱）了。”

陈妙不说话。

“你别装听不见啊。”赵兟不满地提高了音量。

实在被吵得看不进剧了，陈妙懒洋洋地搭了一句：“谁啊？”

“这人我今天见了一下，一见就相中了。”赵兟有点得意扬扬。

“哟嗬，女的？你还一见就相中了？”

赵兟撂下笔，在桌子上支着下巴：“你这茬儿倒是接得飞快，你给我捧哏得了，我还要什么少二窦啊。”

陈妙忽然摘下耳机：“少二窦还是少三窦？两人可差得挺大呢，你说清楚点。”

少二窦也是个娃娃腿（通常指父母也是行业中人，从小就在园子里泡着，耳濡目染，而且是从小就练功，甚至有上台的经验的这类人），名叫窦园，父亲是圈内外赫赫有名的大师窦时贤；少三窦则是少二窦的堂弟，叫窦明明，窦时贤的亲弟弟窦时存家的长子。

且不说窦时贤和窦时存在圈内如何有名望，这父辈的事先按下不表，单说窦园和窦明明这小哥俩儿——

窦明明要说是一般人长相，也是有点屈就了，其实他若是放在寻常人家，也算是俊朗舒逸的佳公子。但他家不是，他家有个堪称“光艳动天下”的大堂哥窦园。

网络不发达的年代，窦园的美貌尚且可以掩藏，但是现在网络发达，这惊天的容貌可就藏不住了。

窦园十四岁的时候在父亲和叔叔从艺四十年专场上和窦明明合作表演了节目《对坐数来宝》，那场演出因借着纪念某位极为令人敬仰的老前辈一百年诞辰的名头而受到广泛关注，光并机直播的卫视就有三家，网络报道更是铺天盖地。按理说这种场合，拉自家儿子们上来并不合适，但窦时贤、窦时存老哥俩不单是老前辈最得意的门生，且人缘很好，因此并未被深究。

赵慌当时也在后台玩，他爷爷算是那场的助演之一。

陈妙那时候也正在球馆训练，抬头看了一眼电视，却忽然忘了自己正在干什么——

彼时窦园尚未完全长开，眉宇间却已凛凛有英气。陈妙记忆最深刻的是窦园的眼睛，双眼皮并非一褶到底，而是到了眼尾部分微微上翘，显得整个人十分温柔。他和堂弟窦明明在台上表演，窦明明有时明显有些慌张，然而到窦园接话的时候，他却能不动声色地巧妙化解，带着堂弟一句一句压得十分紧实。

那场专场过后，窦园就再没在公开场合演出过。

不过观众可没忘了他，每到过年的时候窦园总会被翻出来几次。

记得有一年陈妙在一个视频网站看春晚语言类节目的cut(剪辑)时，弹幕飘出一句：“你们还记得窦园吗？”

接着就有人说：“趁大家都在，承包窦园。”

后面跟过去一片：

“前面的休想！”

“拔剑吧情敌！”

还有一群刷时间的：

“《三体》票房破50个亿了！窦园还是没出道！”

“《死神小学生》完结了！窦园还是没出道！”

陈妙当时也跟着刷了一条。

“我世界排名都进前十了，窦园还是没出道。”

赵甝打断了陈妙的回忆：“是窦园，你还记得他吧？”

陈妙点点头：“当然。我记得窦园第一次上场那天，我是在训练馆的电视上看到的，回去就跟我爸说，窦家的儿子白得发光，真是好看，但我爸说窦园其实不太上镜，真人更好看。”

“是啊，我俩当时还照相了来着。你也知道，我一向对容貌非常自信，我觉得我爷爷让他给我量活（相声术语，即捧哏者，对口或群口相声演出时配合逗哏叙述故事情节的演员），显然就是要打垮我的自信。”赵辨撇撇嘴。

“他还那么好看吗？”陈妙连忙暂停了视频，扑过来问道。

赵辨小眼珠子一转：“你帮我把这段写了，我就告诉你。”

陈妙一边嫌弃他“什么文化水平啊，连个文案都写不明白”，一边就接替了他的工作，然后很快就完成了剩余部分的编撰。

赵辨也很果断，掏出手机打开相册，是他今天偷拍的，正在和他对口的少二窦窦园。

照片里是窦园的一个侧脸，他穿了件深蓝色的圆领短袖，面容白皙，神情专注却又颇有神采，眼角微微上挑，鼻梁高挺，头发略短，整个人都显得十分干净有少年感。

陈妙抱着手机满床打滚儿：“这拨不亏！没白帮你写！”

赵辨劈手夺回手机，隐隐有点儿不高兴：“看看就得了。”这话怎么这么酸。

第二天，陈妙早早起来换了身运动服——她跟郑佳约好了，今天要一起去晨练。

她不敢走太晚，因为怕被赵四爷抓住自己没穿女孩儿的衣裳，不然又是一顿苦口婆心的叮嘱。

本来也是有赵辨一个的，但是赵辨在这个时候选择了放弃，蒙头就睡。陈妙见叫不醒他，只好自己先去了。

其实陈妙要是知道，她只需再晚走半个小时，窦园就扶着赵四爷买菜回来了，那估计她宁可长肉，也要一睹窦园的风采。

赵犹起来的时候时间已经不早了，他揉着眼睛顶着个鸡窝脑袋走出房间，影影绰绰之中看到客厅里似乎有两个人，还以为是陈妙没走，迷迷糊糊地说："陈妙你今儿不跑步的吗？"

窦园转过来招呼他："赶紧洗漱，过来吃饭。"

窦园的声音一下让他清醒了，赵犹靠着门框笑："帅哥你谁啊？"

陈妙是无论如何也想不到，早在十八岁这一年，自己就可以达成"在公园练剑"这一成就，比同龄人领先至少四十年。

郑佳递给她一把剑，自己也拿一把剑："咱俩就看看，跟着挥吧挥吧得了。等这边进行到一半儿，我们就去跑步。"

"听起来还是个政治任务？"

"可不是嘛。"

音乐响起来了，陈妙觉得自己整个人都升华了，她跟郑佳亦步亦趋地学着。郑佳用下巴点点台上那个精神矍铄的领舞老太太："这是咱家二姨姥。"

陈妙完全忽略了那个"咱家"，她大脑像处于真空状态，完全沉浸在耍剑的世界里。

细看之下，老太太还有左右二位护法，一个穿蓝一个穿绿，都是缎面儿的，特别闪耀。

“左边这位是大舅爷，右边这位是小婶儿。”

陈妙惊了，赵家势力可太大了，大到都可以承包公园。她边舞边想：赵皝是怎么沦落成第四代独苗的？他家人这不挺多的？

接着她一个转身，看见身边这位肢体更加不协调的女性，也是十分眼熟。

“别看了陈妙，认不出赵赞姐了吗？”这位女性笑嘻嘻地打趣道。

“还真是你！”

没错，这位是赵皝叔叔家的孩子，赵皝的四姐，赵赞。

陈妙印象里的赵赞那是十分叛逆潇洒——在她还不敢给头发烫个弯儿的时候，赵赞就已经拥有满头五颜六色的脏辫，穿皮衣、喝啤酒了。

想到赵赞那么光辉的过往，陈妙忽然想指着她大笑说“你也有今天”，但她又反应过来，自己似乎也没好到哪儿去，于是只能回个苦笑。

两人一边舞剑，一边气定神闲地聊天。

“今天这舞剑的人里啊，十个有八个都是来看你的。”

陈妙一脸疑惑：“看我？”

看我干吗？

“嗨，你不知道，这两天我家群里都炸开了锅。我们家这边吧，娘家亲戚、婆家亲戚一直走得近，那天郑佳先是一脚把赵皝踢出了群聊，然后开始给我们讲你俩的事，说是赵皝在家十指不沾阳春水，愣是能跑过去给她干活，都是为了个叫陈妙的小丫头。哟嗬！我一瞧女主人公陈妙我认识啊，我说陈妙宁肯死估计都看不上咱家赵兟。”

陈妙点点头：“这倒是实话。”

“然后，我也被踢出了群聊。”

陈妙一个没忍住就笑出了声。

“我人虽然不在江湖了，但江湖里还有我的眼线。要说此事的转折还是在我爷爷那儿，对，也就是你赵伯伯，真别扭。老爷子‘啪’发一照片，就你昨儿去吃饭，穿了条绿裙子，站在洗碗池前面洗碗，边洗边跟赵兟聊天。赵兟低头看你，右手伸高，在那儿够东西，那画面别提有多和谐了。”

陈妙眉心一皱：“老爷子怎么还这样呢？”

“你可别说，我爷爷还附了一段文字：郎骑竹马来，绕床弄青梅。同居长干里，两小无嫌猜。他老人家都定调了，其他人哪敢还拧着说了？这不今儿大家就都争先恐后地过来瞧瞧你，我也被我妈抓着过来瞧瞧你。”

“谢谢您过来瞧我。”陈妙满脸黑线。

“别客气，迟早都是一家人。”

第二章

你从来不把我的话放心上

一个假期过去，大家都收获不少。

赵甝和窦园已经磨合得相当不错——赵甝活跃顽劣，窦园稳重犀利，二人调门（指说话时声音的高低）也是一高一沉，可以说是天生的搭档，试演的那两场效果也是相当不错。

至于陈妙和赵甝，首先是二人的盒饭业务，郑佳和她的朋友们短短一个月里就攒够了所有的费用，而且还有富余，所以陈妙和赵甝在学会了如何炒制大锅饭的同时，也赚了一点零花钱，十分美滋滋；其次是他俩的关系，赵四爷相中陈妙却不能说，陈妙知道这事也不能说，唯有赵甝两头都不知道，地主家儿子一样每天傻乐。

陈妙想要和“腐朽的包办婚姻”抗争，她的斗争方式就是吃。比如饭桌上谁说个什么，她不好回答就低头吃饭，再加上赵四爷做饭也确实很有两把刷子，赵甝偶尔替灶，水平也不低，所以她——

胖了十斤。

假期结束归队的那天，教练老侯看着陈妙体重秤上的数，冷汗“唰”一下就下来了，血压“唰”一下就上去了。他抄起本文件夹拍了陈妙脑袋一记：“陈妙你假期是不是没吃饭，吃的饲料啊？你还能跑得动吗？你告诉我，你还能跑得动吗？”

陈妙声音有点虚：“我觉得……这些都是可以减下去的玩意儿。”

“你想怎么减？给我说说你的计划。”

“每天十公里，运动减肥，科学有效。如果您能联系食堂，把酱香饼下架，那估计我瘦得更快。”

“十公里你往哪儿跑？”老侯双手抱胸，一脸的不相信。

“从这儿跑回家，在家吃一会儿，再从家跑回来。”陈妙答得一本正经。

老侯端起本文件夹“噌”一下又拍上去了，陈妙抱着头满场乱窜，两人你追我赶，其他队员都在借机起哄。

“陈妙加油，你能跑得过老侯！”

“陈妙注意脚下！”

“绊他！绊他！绊他！”

这一嗓子肯定是刘焕然没错了。

刘焕然是陈妙女队的队友，两人小时候就一起在少年队训练，因为恰好又是一个左手一个右手，所以也时常组双打。

刘焕然站在队伍前面，带领着大伙儿喊道：“绊他！绊他！绊他！”

陈妙笑得几乎脱力。

老侯在后面追得气喘吁吁。

事实证明陈妙虽然胖了，但是还成，至少还能跑得起来，跑步减肥的计划似乎也可以实施。

两节训练课上罢，就到了吃午饭的时间。刘焕然过来捏捏陈妙的脸："哎呀，这肉都弹手，你刚一进来我都不敢认，看这脸上的肉多得。"

陈妙拨开刘焕然的手，白了她一眼，径自往食堂走去了。

一路上刘焕然还在给陈妙的减肥大计支招儿："我觉得你最好还是有个目标，比如说到某地做某事，这样中途就不会因为偷懒而少跑。"

陈妙停下了脚步："你说得对，我也是这么琢磨的。"

她是这么琢磨的，也是这么干的。

这天晚上她七点出发，七点半左右就到了赫德兴茶楼，她站在门口给赵犹打电话。

赵犹这时候正在后台备场，一接到电话，他就留下窦园盯着后台，自己急匆匆地去了茶楼正堂。

见了赵犹，陈妙忙从兜里掏出两个苹果，分别交到他的左右手上："这个是你的，那个是窦园的。"

"你来就为了送俩苹果？"

"说来话长，不说了，我回去了。"

"你跑来的？"赵犹连忙下意识地掏裤兜给她找零钱，却发现自己已经换了演出穿的水裤，“你别走，你别走！”留下这句话就匆匆往后台去了。

陈妙一脸的莫名其妙。

赵骁回到后台，把俩苹果扔给窦园，自己拿了水杯和纸巾想往外走，忽然又想起零钱这回事，于是又去包里掏，找了一圈却没找见。

“窦哥哥有零钱吗？”赵骁笑嘻嘻的。

窦园探手掏包：“五个一块的够吗？”

“够了够了，多谢窦哥哥。”赵骁道了谢，又小跑出去。

陈妙就坐在门口的长椅上等他。

赵骁理了理有些乱的演出服，走过去，竹筒倒豆子似的一口气说道：“你先喝口水吧。这个，你再擦擦你这脑门子，锃光瓦亮的，都是汗。再说了大半夜的你一个女孩儿瞎折腾什么？麻利儿地去对面儿给我坐车回去！二十分钟之内我要听到你那个队友，是叫刘焕然没错吧？给我打电话，再不然你把她手机号留给我，我亲自打给她，她要说你没到宿舍，我就跟你没完！”

“哪里就大半夜了？你用词不准啊。再说这也是我训练的一部分啊，耽误未来的世界冠军你能负起责？”陈妙有点不服气。

“还顶嘴？你看这天都黑了！”

赵骁站着，陈妙坐着，本就有种压迫感。陈妙刚想说话，赵骁一指她：“不许说！喝完就走。”

陈妙被这形势变化惊着了，说话也磕磕巴巴：“我我我……”

“我什么我？别废话。”

陈妙捧着水杯，十分可怜：“你你……你好凶啊。我跑过来给你送东西吃，你还这么对我？那我下次就不来了。”

赵筑低头转了几圈不知道该说点什么，又绕回到陈妙面前接过她手里的杯子：“抓紧回你们那个训练中心，我现在看见你就生气，路上车这么多，旁边那路口连个红绿灯都没有，你要是磕了碰了，我怎么跟我师爷交代？还有，你回去之后是不是没好好吃饭？”赵筑弯下腰伸出一只手去捏她的脸，另一只手撑着长椅的靠背，“眼看着都瘦了一圈儿，这可不行啊，你得好好吃饭。”

陈妙满肚子委屈，她也懒得解释，就敷敷衍衍地忙乱点头。

看到她这不在意的态度，赵筑更气了：“你从来都不把我的话放心上，好像我要害你似的。”

“我……”

陈妙还没来得及回话，窦园从屋里探头招呼道：“赵筑，上个节目快演完了，该咱们了。”

赵筑放开陈妙，站直了：“你，回去啊！我回头再收拾你。”说完就一溜小跑地赶着上台去了。

陈妙坐着揉揉脸，心想：这都什么事啊？

回到宿舍的时候，刘焕然正在敷面膜，她顶着硕大一张白脸晃到陈妙面前：“哟，挺快啊。”

陈妙看着墙上的挂钟：“刘焕然你准备好，赵兟那个老玩意儿马上就要给你打电话。”

“我？”

紧接着，刘焕然的手机就响了。

“谁啊？”刘焕然很不客气地大声问道。

电话那端的人倒是客客气气：“你好，我是赵兟，陈妙的好朋友。请问她回去了吗？”

“啊，回了回了，她刚到，刚到。”

“那你让陈妙接一下电话好吗？”

刘焕然把手机递给陈妙，还挺高兴：“小哥哥声音挺好听的，透亮。”

陈妙不置可否，开了扬声器，懒洋洋地说了句“喂”。

赵兟那边语气一下就严肃起来，声音也陡然提了八度，凶得很：“我告诉你，以后不许这么晚还往外跑！有多少夜跑出事的你不知道？”

旁边窦园大概是边叠大褂，边在劝：“哪儿来这么大气啊？来来来，我跟师姑说两句。喂，师姑，我窦园，你也别生气，赵兟就是这么个狗脾气。他也就是担心你一个女孩儿不安全，刚才在台上说得火急火燎的，就怕错过时间，这不准时下来给你打电话来了。”

陈妙呵了一声：“我不生气，我要跟他生气我都活不到今天。”

窦园又笑起来："苹果挺好吃的，谢谢师姑。"

"没事，我先撂了啊。"

赵铣在旁边大叫："别啊，我没说完呢——"

刘焕然捂着面膜压抑得难受，生怕把面膜笑裂了。

由于赵铣外行领导内行，大力阻挠，所以陈妙只好改成在操场上跑圈，还带着计时员刘焕然。

"还剩下五圈啊，你再快点，加点速度。"这边刘焕然还在跟陈妙说着话，那边在手机里还得跟赵铣解释，"我们运动员确实是不能太胖，你要再这么喂她那就是坑她了。陈妙本来体脂率就没其他队员低，今年放假一回来我们教练立时就怒了，现在被要求中午吃完饭她得帮着打扫食堂，就为了锻炼她。"

"噢，原来是这样啊，总之就还是麻烦你了。"赵铣叹了口气，"我也不瞒你，我跟陈妙是发小，后来我家搬到这儿，就没太联系了。这些年我确实想她，她调到这边来训练之后，就我俩见完第一面那天晚上，我激动得一宿都没睡着觉。我真是特别高兴，一高兴吧，就不知道该怎么对她好了。"

刘焕然听得喜滋滋的，再看向陈妙的时候眼睛里满是八卦的味道。

"嗨，小赵爷就放心吧。我们过两天有场联赛，我替大师姐的位置，陈妙替我，我俩都有机会露面的，你要有空可以过来看看。"

赵铣在那头一撇嘴："陈妙太不够意思了，亏我还天天想着她，她都没跟我说这个。”

“你不知道正常，我这也是刚才教练看我在这儿过来通知的，陈妙比你还晚知道呢。”

陈妙这个上场机会，说来也是巧，她和刘焕然都是这个小俱乐部拉来凑人数的球员，名不见经传，只是因为老侯跟他们老板关系好，于是才让刘焕然和陈妙前去挂名。

这俱乐部女一单是外籍华裔，世界排名在第十几位；女二单就是她俩的师姐姜春和，得过若干站巡回赛单打冠亚军，只是可惜没有几大赛的加持，最近一次的世界排名是二十六。

姜春和，恰恰昨儿把脚给崴了。

于是乎，排名在姜春和之后的所有人，都可以顶替她的位置。

队里的安排是刘焕然代替二单，陈妙因为和刘焕然也打过双打，所以参加第三局和第五局的比赛，分别是一场双打一场单打，当然前提是能有第五局的话。

他们的对手俱乐部实力雄厚，是在国内俱乐部排名前四席的常客。一单二单都在，他们俱乐部尚且难以保证十拿九稳，如今临时换将，胜算只怕是更加渺茫。

无波无澜的两天过去了，迎来了比赛当天，时间定在了晚上七点半。

陈妙和刘焕然一人一辆自行车，回家取了东西，又吃了晚饭，看着时间刚好，就没再回队里，而是直接去了比赛场地。

路上等红灯的时候，刘焕然有意无意地提道：“你猜赵兟能不能来？”

陈妙想了想：“够呛。他今天晚上好像有演出。他家规矩一向是戏比天大，如果是因为他个人的事耽误演出，回去之后他爷爷能把他打出个好歹的。”

“我猜他能来。”

“赌十块钱？”

“赌就赌。十块钱外加咱门口一顿羊肉串。”

陈妙一听羊肉串不禁心头一酸，只能擦擦口水骑起自行车继续前行。

赵兟在后台走来走去，窦园都看不过去了：“你坐会儿吧，我都被你晃得眼晕，你是不是心里有事啊？”

“是啊。”赵兟被吓了一跳。

“是不是陈妙，有什么事啊？”

“啊，是，她比赛。”

窦园用下巴点点远处：“你去吧，我一会儿改开场，唱快板。”

“呜呜呜……我爷爷知道了，我就看不见明儿的太阳了。”

“你不说我不说谁能知道？”

“你不知道，我爷爷跟这儿有线人，上次我不是跟陈妙生气，着急下台吗？我刚回家爷爷就知道了，问我怎么回事？我就只能跟他老人家说我闹肚子。”赵兟愁眉苦脸的。

窦园靠在躺椅里，歪着脑袋，看赵毨跟只热锅上的蚂蚁似的，觉得颇为有趣："我就是觉得，你这么上台，心不稳，也说不好，保不齐晚上回去还得挨骂。倒不如闯个大祸，还看了陈妙，这顿骂也算没白挨。"

赵毨停下了脚步，看着窦园，似乎在思索着什么。

窦园："你觉得我的话有没有道理？"

赵毨过来抱了他一把："哥！你真是我亲哥。"

"这都是战斗经验。走走走，你赶紧走，我去找主持人改节目单。"

赵毨抱拳："那就拜托了，哥哥！"

窦园躺着回礼："甭客气，弟弟！"

赵毨来是来了，他戴好金丝眼镜，手搭凉棚往这场下一看。陈妙正在热身，旁边那个应该就是她队友刘焕然，也在热身，至于旁边抱着胳膊聊天的那两位——

冯冠今？他为什么在这儿？赵毨顿时心情就不美好了，这冯冠今，怎么阴魂不散的，哪儿都有他？和冯冠今聊天的叫白新野，是男队那边的队友。

就算好心情受到了影响，赵毨还是默默地期待着陈妙的比赛。

刘焕然第一局二比三惜败，第二局则是靠一单队员以三比零轻取了对手。

双方比分来到一比一。

场内观众稀稀落落的，主场作战能搞成这样，也是有点意思。倒是对手俱乐部，大老远地跑过来，却有许许多多的铁杆球迷跟着。

赵兟眯着眼睛托着下巴："这得是多爱这个啊。"

陈妙终于上场了。

第三局是双打，先赢两盘者即得分。

陈妙左手直板，对旋球的感觉和把握尤其好，球风稳中带攻，因为身量很高，所以在中远台时经常能做到出其不意攻其不备；刘焕然则是右手横板，弧圈球结合快攻，正反适宜，特别是擅长反手直线的撕拉。

二人的组合攻守兼备，十分具有优势。

不过想到两个对手中有个削球手，刘焕然甩甩自己的肩膀，忽然心疼到不行。

比分很快来到了九比九。

对手首先是四比零领先，而后是六比一领先，对面啦啦队的喊叫声响彻了整个比赛场馆。

赵兟其实看不太懂乒乓球比赛，只能望着比分板子愣愣出神，而陈妙和刘焕然的这一分，一直持续到对方拿了九分。

陈妙接过裁判扔来的球时，忽然笑了，她偏头一看，刘焕然的表情果然十分严肃。

她忽然想起小时候跟刘焕然打双打，也是被对方虐得不行不行的，最后一局的时候，刘焕然边打边哭，陈妙就只能小声说："你别哭了别哭了别哭了。”刘焕然哭得都看不清球。

今天，她又和刘焕然一起，也是被对手虐到不行，这大概就是缘分吧。

陈妙这一笑让大家都有点摸不着头脑，刘焕然以为她输红了眼，神经错乱。赵兟坐在观众席望着这傻笑的姑娘，本来还有些担忧的情绪，这会儿也没有了。

恰巧这时窦园那边演完了，发了条微信过来：“你那边怎么样了？”

赵兟一面关注比赛的情况，一面打字：“陈妙这心也忒大。”

再回到比赛这边，现在是轮到刘焕然发球。对手只觉得陈妙笑完之后就像换了个人似的，飞快地在前三板对抗中连获三分。

赵兟旁边的大爷终于有点儿笑的模样了：“这姑娘，好摆短（乒乓球运动中接发球的常用战术之一）啊，非常漂亮。”

比分来到四比九后，两人一鼓作气，刘焕然提高了发球质量，尽量为陈妙撤到中远台提供机会；同时二人也一转攻防，刘焕然以攻代守，频繁拧拉变线得分，陈妙发挥左手直板优势，猛击对方较为薄弱的正手，也是撵得飞快。

赵兟看得目不转睛，头一次体会到比赛这么激烈。

大爷在一旁喃喃道：“要暂停了。”

对方主教练果然就叫了个暂停。

赵兟哈着腰虚心求教：“大爷，他们这个，怎么能看出来要暂停了呢？”

“这边的攻势太猛了，不压一压很可能就被咱们这边借机拿下一盘。”

事实证明确实是压了，只不过没压住。在经历了九比十，十比十后，陈妙连吊两个高球，落点都极为刁钻，打得对方措手不及。

这盘最终是以十二比十结束的。

陈妙和刘焕然下场走回自己那边的队员座席时，忍着，忍着，忍着，结果还是没忍住，两人“噗”的一声，大笑了出来，笑得水都喝不下去。

姜春和上不了场，只能当场外拍手，此时正在部署战术。

白新野看着两人，一挑大拇指：“厉害。”

陈妙喝了一口水：“我跟你说老侯没来，肯定会后悔半辈子。”

“半辈子我不敢保证，十年肯定得有。”白新野故作遗憾地说。

赵毓坐的位置其实离他们很近，近到他能在啦啦队跳舞的震耳音乐里清楚地听见他们说话。

虽然近，陈妙却也没看见他。这让他多少有点儿窝火，好像是什么精心准备的心意被人不小心忽略，他明知她是不小心，却还是忍不住生出怨气。

第二盘二人乘胜追击，最终成功地以二比零拿下这局比赛，目前大比分来到二比一，俱乐部这边士气大振。

第四局是陈妙这边的一单对对方的二单，最后险胜。

就这样，这场原不被看好的比赛，就以陈妙他们俱乐部对对方大比分三比一取得了胜利。

陈妙本来已经在旁边做准备活动，打算第五局上场，此时一是得知不用上了，二是赢了，可谓是双份的高兴，她跟刘焕然抱作一团，兴奋极了。

刘焕然搂着陈妙的肩膀："没忘记咱俩的赌约吧，我可是赢了的。赵兟来了，我看见了，十块钱加羊肉串别忘了。"

"赵兟来了吗？"

陈妙刚想四下里找找，冯冠今就过来拍她肩膀："打得不错啊陈妙，你这球技一个月一涨啊。"

冯冠今这么一夸，陈妙也有点不好意思了，刚想谦虚几句，赵兟就大大方方地过来了。

陈妙擦着脸上的汗："你今天晚上没事吗？"

赵兟摊手："没事啊。"

刘焕然瞅着这两人，怎么看都觉得有点什么。

最后，还是冯冠今做主问道："陈妙和刘焕然你俩明儿晚上有事吗？还有赵兟，咱们出去玩吧，我这以后出了国咱们也难得见面。"

赵兟笑着说："明天晚上可能不行，家里人聚餐。"

刘焕然摆摆手："我俩倒是没事。"

陈妙其实脸上的汗早就擦完了，她就是一见了冯冠今就紧张，紧张得满脸通红，所以不得不拿手巾挡着。这些赵兟都看得清清楚楚。

“那明天我们仨可就吃去了，不带你了啊。”冯冠今冲赵兟笑了笑。

“嗨，没事！”赵兟特潇洒地回道，还亲亲热热地拉着冯冠今的手让他去看自己演出，哥哥长哥哥短地叫得一刻不停，不知道的人还真以为这两人关系很好。然而，赵兟心里恐怕是已经酸得冒泡泡了吧。

“你们一会儿一起回队里吗？”赵兟问道，眼神真诚坦荡。

陈妙心下不妙：完了！

冯冠今点点头：“对，我们仨都回去。”

“行，那我也先回家了，注意安全啊各位！”然后，赵兟就真的走了。

冯冠今看着他晃晃荡荡的背影，对陈妙说道：“赵兟倒是这么些年一点儿都没变，还这么侃快。”又转向刘焕然，“你知道吗，其实赵兟的字写得特别好看。当年他走之后还经常给我们写信来着，不过那时候还是小，距离一远感情也就淡了。”

刘焕然笑呵呵的，心想：我可觉得没淡。还意味深长地看了陈妙一眼，然后拽着她去更衣室换衣服了。

到了小区楼下，赵兟也没着急上去，倒是坐在了台阶上。他头靠着旁边的树玩手机，窦园正好打电话进来。

“到家了没？”

“到了，就在我家楼下。”

“行，早点睡吧。”

赵兟没答话，窦园感觉有些不妙，又问了句：“咋了？”

赵兟叹口气：“就是忽然感觉吧，很挫败。”又把手举到眼前，借着月光看自己的指甲。

窦园也叹气：“你这话说得没头没脑的，哥哥我都不知道怎么劝你好。”

“其实也不用劝我，道理我都懂。”赵兟抬头看月亮，“我就是想不明白，凭什么他是白月光，他是朱砂痣，我就什么都不是。我哪儿不好吗，还是哪儿做得不好？”赵兟一停顿，“我，我是真的已经尽力了。感情这东西不用别人来宣布输赢，话也无须摆上台面，就陈妙今儿看他那一眼，我就知道我输得透透的了。”

窦园就这么静静地听他说。

赵兟说，明明是他先来的，他和陈妙在还没出生的时候就有世交之谊；是他才刚会走，话还说不清楚，就已经知道把好吃的蛋糕留给陈妙；是他总是开开心心地替陈妙做这做那，还傻乎乎地乐在其中。

赵兟是个极骄傲的人，又有一身倔强的骨头。他说这些的时候，窦园只觉得自己眼前有一片平野，寒星溪月疏星首，而赵兟，就温驯又轻易地走入了这长夜。

“窦哥，你是不知道，我心里难过得很。她肯定没见过我洗个澡中途能擦三次手，就为回她消息的样儿。”

窦园这次倒是笑了：“难过也不许哭啊。”

赵毓的声音里真的带着哭腔：“我们家刚搬走那阵子，我真就跟死过一回一样。但是你说她知道我难受吗？我敢告诉她吗？我知道她可能是喜欢冯冠今，但我也想赌一把，我觉得她不是没可能喜欢我的。”

“我建议你，睡个好觉，明天这事就过去了。那个谁，叫什么来着？冯冠今是吧，他不迟早也得走吗？那你现在不是不走了吗？广阔天地大有作为，何必计较这一时半刻的。咱们让他半副车马炮又怕什么的呢？你还是脾气太急。”

“窦哥，我接个电话，先不说了。”赵毓匆匆丢下一句。

窦园那边收了线，接进来的是陈妙。陈妙赢了的兴奋劲儿还没过，声音很大，直刺进赵毓的鼓膜。

“到家没呀，赵毓！我微信找你，你也没回我！”

“到了。”

“你怎么了？感冒了？怎么听着鼻音这么重？”

“没事。你干吗呢？”

“我在宿舍跟刘焕然涮火锅呢！忽然想起你来，问问你到没到家。你到了我就放心了，早点休息吧。”

赵毓没有回话。陈妙那边忙着下肉，也没理他，还以为电话已经挂断了。

青春期的男孩子这心思千回百转，到了嘴边也只剩下寥寥几个字。

他坐在冰凉冰凉的石阶上，人也冰凉冰凉的，心也冰凉冰凉的，刚一开口眼泪就下来了，声音也随之一下子就弱了：“呜呜呜，陈妙你，没你这么欺负人的！我再也不跟你玩儿了，呜呜呜……”

声音虽小，陈妙却听得清清楚楚，她吓得筷子都掉进锅里了。

刘焕然正在撇浮沫，突然筷从天降，一时间她竟不知道是该先捞筷子，还是继续撇浮沫。

赵兟这边开了个头，就再也止不住，话是说不出什么来了，只是一个劲儿“呜呜”地哭。

陈妙试探着问：“是不是赵伯伯骂你了，还是家里出什么事了？需要我过去一趟吗？”

赵兟越听越生气，最后直接挂了电话，挂了不说，还关了机。陈妙看着挂断的手机满心无语，这家伙到底怎么了？

刘焕然抬起头问道：“咋了？”

“说出来你可能不信，赵兟哭了。”

“这个……我确实不太信，他可是个狠人。那你要去看一眼吗？但是现在封寝了，你出不去啊。”

出是出不去了，可是又不能放着哭唧唧的赵兟不管，陈妙只好回拨电话，却发现对方已经关机了。

“我再往他家打一个。”刚找到号，陈妙又想起来，“感觉听他那意思，也不像在家里。”

刘焕然也放下了筷子："他这么大个人了，应该也不会出什么事。要不你明天一大早去他家看看吧。"

这话刚说完，手机响了，陈妙一看，是赵犹发过来的短信。

"我没事。"

这像是没事？

赵犹别扭得很，但解决办法其实也很简单，只需要亲亲抱抱举高高。

口头的就行。

偏偏陈妙是个实打实的女汉子，哪里懂他这些心思，于是只回了一句："没事就好，早点睡。"

赵犹看见这几个字直接就气疯了，摔了手机不说，还在家里屋里屋外地找凉水给自己降心火，好不容易躺床上，又是折腾了小半宿才将将睡着。

睡是睡着了，第二天早晨可就卧床不起了。

陈妙拎着水果来看他的时候，已经是傍晚了。她一推门——赵犹本来正在强打精神玩"消消乐"，听见了动静把手机往枕头底下一塞就装睡。

陈妙把水果往桌上一放："你起来吧，'bonus time（奖励时间）'我都听见了。我可不是不够意思啊，我一大早就来了，那会儿你刚吃完药，还睡着呢。"说完就拽了一把椅子，坐到赵犹床边，伸手把他从被子里翻出来。

赵兟一把抓住她的手腕，贴在自己额头上，开口道：“你看我还发烧吗？”

“还行。”陈妙想抽回手，一使劲却被他抓得更紧，“手还我啊，有借有还再借不难。”

赵兟也不说话，就这么看着她。

他有将近一米八的个子，平日里生龙活虎精力充沛，此时躺在床上，脸颊通红，嘴唇发白，看来十分虚弱。

陈妙心里也是有点难过，于是也就不强拧着他来。

两人就这么一个拉着她的手，一个任由他拉着自己的手，互相对视着。

过了一会儿，陈妙说：“你想吃点水果吗？我去给你洗点？”

赵兟摇摇头：“不吃，不饿。你一会儿干吗去？”

“回训练中心呗。”

“然后呢？”

他声音沙哑归沙哑，却意外地比平时清清脆脆的男孩儿声音多了几分吸引力。

“然……然后，我就去吃饭呗，跟刘焕然。”

“还有呢？”

“我教练老侯。”

“还有？”

“呃，男队的白新野。”

赵˙这次连“还有”都不问了，就只是看着她，发烧倒是一点没把他的眼睛烧乌，还是盛着亮亮的一汪水。

陈妙挠头：“还有冯冠今。”

赵˙意味深长：“噢。”

“那他昨儿找你，你不是不去吗，是吧？”陈妙试探着说，看他这脸上阴晴不定的，也不知道在想什么，“你要没什么事的话，我就先……”

赵˙哼了一声：“你哪儿看出来我没什么事了？”

“那什么，我看你都能玩‘消消乐’了……”

赵˙瞪她一眼。

陈妙立刻闭嘴。

陈妙其实也好奇，自己怎么就能怕他怕成这样。很久之后她才想明白，其实她不是怕他这人本身，她是怕他说话——赵˙的话又多又密，想要跟他吵架的话，难度很高，基本等同于和一百只鸭子同时聊天。

赵˙哑着嗓子：“陈妙你过来。”

“我过哪儿去？床那边？可我这距离已经够近了吧。”

“不是，你就离我近点，凑过来。”

陈妙不明就里地凑过去，她刚想说“赵˙你眼睛是棕色的，阳光一照可漂亮了”，可这话还没说出口，就觉得自己脖颈一沉，整个人仿佛失掉了重心，直接扑到了他身上。

赵铣一只手摁着她脖子，一只手搂着她后背，然后就这么定定地看着。

陈妙被晃蒙了，停了一下，紧接着就开始挣扎，挣扎着想站起来，无奈赵铣虽然病了却还是有力气的，箍得她动弹不得。

“你这哪里是病了？”陈妙又气又恼，“你放开我！”

她腾出手去推他，挨到他身上的时候却发觉这人烫得惊人，简直就是台行走的电暖气。

赵铣说：“你别动，我又不能吃了你。”

陈妙满脑袋问号：敢情不被吃就是人类生存的最低标准？

她实在不想多说，就一直重复着“你放开我，你放开我”。

按理来说，最简单的指令应该最有用的，驯狗都这么驯，重复多次训练几次也都能明白。

赵铣却偏偏听不懂话，他看着少女秀丽的鼻梁、翘起的睫毛、微微上扬的嘴角，只觉得心都化了。

陈妙也挣累了，趴在他身上直喘气：“我给你五个数的时间，你放开我。五，四，三……唔……”

没等她数完，赵铣探着脖子就亲了上去。

陈妙“唔唔”地问候了赵铣的祖宗，又抓着他的头发不放；而赵铣就像是手法娴熟的猎人，看着这只幼虎手舞足蹈作困兽斗，却始终温柔镇定，充满耐心。

这个吻很绵长，长到陈妙一度觉得赵兟是不是不用喘气。他的手一下一下地滑过她的头发，滑到脖子，滑上后背，然后再回到头顶，仿佛在安抚一只暴躁的花猫。

陈妙讨厌这种被驯养的感觉，但也很老实地贪恋起了赵兟柔软的嘴唇和口中淡淡的牙膏味道。她觉得自己浑身发软，早就没了刚才挣扎的力气，要不是他把着她的腰，只怕是一个不注意就会滑坐下床。

这种时刻，两人谁都没闭上眼。

陈妙最初是希望用眼神传达出一抹杀气，然而这杀气却悉数溶解在了赵兟深潭一样的眼里，最后倒是不好意思再看他，仿佛做错事了一般偷偷别开了眼神。

赵兟这才放开陈妙。他看看陈妙脸上的两抹红，真是喜欢得不得了，便把她抱在怀里蹭了又蹭。他附在她耳边说："我可不是什么大方人，凭什么我喜欢的他想拿走就拿走？我既然拦不住你，就要收点利息。"

陈妙能感觉到赵兟的胸腔在微微震动，耳朵被他贴着，也是又痒又热。

这种感觉很奇妙。

她趴着："你是真不怕把感冒过给我啊，对我真好，我都感动得要哭了。"

"换我照顾你去，我也乐意。"

"可我不想看见你。"

赵毨轻轻拍她后背：“别总这么说，我真的也会难过的。你要说真是这些年对我一点感情都没有，一点也不喜欢我，那就算我看走眼，现在，你敢当面告诉我吗？”

两人其实都心跳如雷，别看赵毨装着一点儿不在乎的样子，其实心脏已经跳到了嗓子眼儿；至于陈妙，她本就是个有点害羞的人，刚才能挺着说出些整句的片儿汤话（北方地区的一句方言，就是形容说了一大堆都是些没用的，没有说到点上，并且有故意避开话题的意思，不着边际，说了跟没说差不多）已经不易，现在更是从脊梁骨一路抖到唇边，又抖到脑门儿。

赵毨拍拍她：“别抖。”

“啊，行行，我不抖。”

“不抖也别磕巴啊，说话。”

“说什么？”

赵毨就真用教小孩儿一样的语气说：“说你喜欢我。”

“啊，你喜欢我。”

赵毨瞪她一眼：“用你说？”

“行行行，大哥，咱好好说话，别瞪人，你一瞪我就害怕。”

赵毨觉得自己心里已经隐隐约约知道了答案，却还得强颜欢笑：“那就不瞪了。”

陈妙体会到了他话里透出的难过，感觉他难过得手上的劲儿都松了。

赵虤鼓起最后一点勇气，嗫嚅着问：“那，那你是喜欢冯冠今吗？你要是不喜欢我，也不喜欢他，我可能还高兴点。”

陈妙忽然捏住他的脸，一本正经地说：“咱们首先说冯冠今。谁跟你说我喜欢他的？上次你问我就没理你，是指望你有点自觉，但是你真是一点都不长进。”

赵虤鼓着腮帮子争辩：“但是你明明一见他就脸红，你见我从来，从来不这样的……”他越想越委屈。

陈妙觉得他好像又要哭了，连忙劝道：“他是谁啊？那是冯冠今啊！那是我大师兄，从小我们教练最捧在手里的小孩儿，成绩又好，人又好，你去问问咱们老家那边那个体校，有一个算一个，谁不想成为冯冠今？你见了你心中的偶像你不慌吗？”

“我没偶像，我就喜欢你，还有我自己。”

陈妙转了转眼珠子：“业界里也没有？”

“我爷爷算我们业界的一代偶像，但是他天天给我做饭，我也不能天天都面红耳赤的啊。”

陈妙干脆放弃了：“行行行，解释不明白了。我喜欢他行了吧，我陈妙，这辈子，最大的愿望就是嫁给他冯冠今，行了吧？”

刚才还瞪着眼睛吓唬人的赵虤一下子就软了，眼泪哗啦啦地往下掉，紧紧抓着被子不松手。

陈妙连忙道歉：“我开玩笑的，真的，真的真的。哎呀，你怎么还听不懂话了呢？”

她拍着他，赵兟蒙着头哭得天昏地暗，好一会儿才又露出一个脑袋，啜泣着去拉她：“你，你……”可刚说一个字，就又大哭起来。

陈妙虽然迟钝，又总喜欢用嘻嘻哈哈的笑语掩饰一颗羞涩的真心，可她却也知道，赵兟是真的喜欢自己，也愿意把所有都给自己。

她不像刺猬，却像一枚小小的贝类有着坚硬的外壳，似乎他很难走进。赵兟软的也来了硬的也来了，却始终得不到她一句切实的答案，于是只能面对着海浪和沙滩，难过地哭泣。

他拉着她往自己身前靠，看似是距离越来越近，可他心里也越来越没底。

陈妙不懂爱。

但她懂赵兟。

她脱了鞋，也钻到赵兟的被子里，贴着他暖暖和和的。

赵兟鼻音极重，双眼通红，脸上的泪痕还没干。

他小声地说道：“你不用安慰我，真的，刚才不好意思，你，你原谅我好不好，我以后肯定不这样了。可我真的挺喜欢你的……我真的……”

陈妙也没犹豫，一把抱住了他。她搂得很紧，赵兟哭得胸口微微起伏，也被慢慢安抚了下来。

“你说，我是不是应该勇敢一点？”陈妙轻声问道。

赵㬗没回答，只是也伸出了胳膊，环住了她的腰。

“别哭了。”陈妙劝他，“我也没说什么啊。”

赵㬗嘴一撇，好像又要哭起来，他克制着自己：“你刚说，你刚说……”

陈妙生涩地凑过去亲了亲他湿乎乎的脸颊：“别哭了，我也喜欢你。不是蒙你的，这些年，我也很想你，真的。我总做梦，梦见咱们初中那会儿，我总抓你迟到。有时候你没迟到，我就拉着你不让你走，特逗。还梦见你拧拧巴巴的，就跟今天似的……也不对，你一直都这样，动不动就吓唬人，吓唬不动就开始哭。”

赵㬗这颗心被冷风吹了半宿，直到刚才已是落满了尘埃，而陈妙只需几句话，它便精神百倍，又怦怦跳了起来。

他一下子笑了，傻兮兮的，笑得陈妙直戳他脑袋：“你就是一作精！”

小作精赖着他心心念念了十几年的姑娘，他甚至想永远停留在这个有着百年不遇高温的夏天，永远停留在此刻。

他搂着陈妙，嗓子因为刚刚哭过，有点沙哑：“我等这话，真的等了好久啊，我都以为等不到了。”

陈妙没有回话，两人就这么对视着。

屋里很安静，时间也就这么安安静静地淌过去。

赵㬗忽然想起什么似的，他虽然一千万个不愿意，却还是提醒陈妙：“你还是抓紧吃饭去吧。我是不想让你走，可我又不想让冯冠今觉得我小气。”

陈妙说了声“好”，刚想坐起来，就又被他抱住。

赵犹黏黏糊糊地耍赖：“真的好不想放你走啊！”

“我又不是要跟着冯冠今走了，吃个饭我就回来，估计你爷爷也快回来了。”陈妙爬起来，这才发觉膝盖刚才在床边硌得生疼，她边低头揉着，边嘱咐着，“记得按时吃药。”

赵犹也坐起来，张开手臂，闭着眼睛，拉着长声，脸上却还是刚才傻乎乎地笑：“要——抱——抱！”

因为生病他穿了一件长袖圆领的条纹上衣——精致的锁骨微微外露，又大张着怀抱，看起来又很乖又很勾人。

“快点，抱一下再走，等你呢！”

陈妙忽然觉得赵犹就像条大金毛，有着很好的脾气，聪明善良，又有很好的爱。他所有的芥蒂都只是嘴上说说，所有鲜衣怒马的情仇都挂在脸上，纯粹清透。他原谅所有人，所以所有人，都愿意爱他。

他还在娇气地催着陈妙，陈妙实在是耐不住，只能轻轻地凑过去，在他的眉心啄了一口。

赵犹轻轻搂住她，窝在她颈窝里“嘿嘿嘿”地笑，还是傻笑。

门锁响了。

陈妙连忙往外挣脱，赵犹慢悠悠地松开手：“你怕什么，都是家里人。”

陈妙红着一张脸：“鬼跟你一家人！我走了！”她慌慌张张地蹿

到了门口，跟赵四爷打了招呼，就夺门而逃。

赵煳转头一看，她的薄外套还搭在椅子上。他扯过来看了看，叠得整整齐齐，放在了自己床头，然后下床穿鞋，走到客厅，伸个懒腰，一颠三尺高，又扑到赵四爷跟前："爷爷您回来了，今儿吃什么啊，我这都饿死啦！"

后来的很多日子里，赵煳总是会有意无意地想起这个夏天的傍晚。空气中弥漫着果蔬的香气，屋外远处近处的车声连成一片。他撑着大病中难得轻松的身体，一推开窗，天边是一片淡青色，风吹过他额前的刘海儿，吹过他还有陈妙余温的胸口与脸颊。

在这一天，赵煳像是什么都说了，又似乎什么都没说。曾经的故人终于穿越山河，亲手给他一个不再辗转反侧的梦。

而他就像是第一次登台那样，挚挚诚诚的心头血从未冷过，也还是那个莽撞少年。只要他的姑娘一勾手，他就愿意双手奉上自己余生所有热烈的爱恋，让她随意挥霍。

第三章

四年了，好久不见

"我身边这位，窦园，跟我可不一样。"

"怎么呢？"

"人家家里有钱！"

窦园一个没忍住，拉着赵四爷说："赵爷爷您说我有钱我至于干这个？"

赵四爷神采奕奕："到了你们这儿如此盛大的时景，却也还是算作落魄了。你们家若说家资，还得是你爷爷那辈儿。"

"噢，我爷爷窦宝忠？"

"那是大名。你们老家在通州，离北京四十里。到通州一打听有这么一个窦百万，说的可就是你爷爷，有百万之富；你二爷爷外号叫窦千顷，因家里有千顷良田；三爷爷窦半城，哎哟哟，当时半拉北京城的生意可都是他窦半城的。"

"哈哈哈……"台下传来观众的阵阵笑声。

四年的时光匆匆而逝，春去秋来，寒暑更迭。

这是赵四爷从业七十周年的专场，赵骁过来当主持人。赵四爷吩咐，前排的票只卖给五十岁以上的老听众。赵骁当时就琢磨这票能卖得出去吗？跟卖票的网站好一顿磋商，最后决定还是按着老爷子的意思来。

第二区的票卖得最快，都是赵骁的女粉丝们。

但前排的留票卖得也不慢，甚至要比后排的学生优惠票售罄得还早。

临开场前，赵骁还打开手机看售票网站，看着这一个个标着红或蓝的座位，愣愣地想，陈妙会不会来？

她会不会来？

四年了，原来他们又分开了四年。

赵骁看向舞台，台上的窦园正微微往前倾着身子，卖力地给赵四爷捧着哏，结束了整场表演。

掌声如潮水一般从观众席涌上来，赵四爷和窦园鞠躬下台。赵骁把水递过去，又拿着麦从侧幕条走到台左四分之一的位置。

“窦园给我捧哏要有给我爷爷捧哏这一半的认真啊，我也早就成腕儿了。”赵骁故作叹息，台下的观众又是一阵大笑。

“接下来就是咱们的抽奖环节。”

赵骁这几年在京津一带声名鹊起，粉丝团也颇具规模。但国内目前的粉圈现状，确实也是乱象丛生。比如他和窦园有一次演出，那时候还是在小剧场，有观众给了两个红包，两人回家一拆，每个里面是一千块钱。

窦园说这钱不能留着，太烫手，况且也不是没收演出费。于是小哥俩就联系了当地一个给留守儿童捐献爱心午餐的组织，把钱都捐了。

从那之后这规矩就算是立下了：观众给现金，他俩下了场也就捐了；送东西，卖了也不好，就收着，下场大型演出再组织抽奖——抽的倒不是收的那些东西，只是相应价值的其他物件儿，再加上赞助商给的杂七杂八的，反正是每场抽奖都办得挺热闹。

赵犹和窦园也一而再再而三地强调，千万别送贵重东西，送多少他们就得往外掏多少。有心意的礼物，哪怕就是手工做的贺卡，他俩也会好好收藏。

这风也就在这儿渐渐刹住了。

“这轮抽三等奖，赞助商赞助的滑雪场一日游，四位。让我看看是哪四位幸运的朋友能得到这‘冷冰冰’的幸运。再抓一位幸运朋友抽取二等奖，是咱们剧场对面超市的购物卡，一张是三千块钱。哟，这三千块钱得花到哪年去？”赵犹在台上成功调动起了观众的气氛。

工作人员拿着一个大箱子上来，里面是观众进场时候的副券，上面都有签名。

赵犹抽上三张来，最后一张他抓了好久，才从箱子的底缝里摸出一张来。

“这位是，五排……”

五排可坐着圈里的几位大粉，顿时整个第五排都沸腾起来了。

“四座。”

丁萌低头看看票，戳了戳旁边也低头看票的姑娘：“是你欸！”

那姑娘把丁萌的票抽走，把自己的递给她：“现在是你了。”

丁萌有点蒙，这姑娘什么情况，还有把自己的奖往外推的吗？

赵龀也愣在了台上，此刻所有的爱恨一瞬间仿佛都堵在喉咙，他看着票上的名字，手微微颤抖，重新又拿起了话筒：“五排四座的，陈妙。”

丁萌看了一圈：“那一会儿他要让我掏身份证怎么办呀？”

“就说没带，不会为难你的，你都有票根。我工作忙，去不了滑雪场，别浪费了。”

“姑娘你留个联系方式呗，回头我给你发手幅。”丁萌急急道。

赵龀慌忙就想往台下走，看见工作人员还抱着箱子在那儿，这才想起来还有个二等奖没抽，只好留下来心不在焉地抽了二等奖。然而等他下台之后，那人已经不见了。

陈妙则是在跟丁萌交换了微信之后，弓着腰连续跟旁边的三座二座一座说了几句“对不起”，又在一片黑暗里穿行，悄悄地走出了剧场的大门。

窦园开着车，赵犇坐在副驾驶一言不发，低着头也不知道在想什么。

路灯次第闪过，远方的地平线被高高的楼房挡住，楼房沉默伫立着，赵犇眼底投下一片阴影，整个人比楼房还要沉默。

“去哪儿？”窦园觑了他一眼。

赵犇声音闷闷的：“吃点饭去吧，我饿了。”

“得，那就回我家。”

二人到了家，赵犇换了鞋就把自己往沙发上一扔，窦园换衣服洗手穿围裙，到厨房下面条。

赵犇随手摁开电视，是今日新闻的重播，他没什么兴趣，便打算去冰箱那儿拿点喝的。刚走到冰箱前面，窦园就在厨房喊：“你可别空腹喝酒。”于是只好又回去坐好。

他恍恍惚惚，做梦一样。

几个小时前，他问丁萌：“你真的是陈妙吗？你真的也叫陈妙吗？”

丁萌慌乱地点点头。

赵犇还有好多好多话想问，可是盘旋多次到了嘴边，只剩下一句：“这张签了名的副券，可以留给我吗？”

现在他坐在沙发上，从兜里取出那张副券，就那么静静地看着。

是她写的字。

确实是她的字。

窦园拾碗上桌，招呼他吃饭。

赵兟不说话，窦园也不说话，一时间整个屋子里只有筷子碰碗的动静。

“那个，我觉得，陈妙也是个常见的名字，说不定是重名的。”窦园看着他的脸色，小心翼翼地劝道。

赵兟摇头：“不是，就是她，她肯定来了。”他顿了顿，极疲惫地说，“我原以为我俩之间没有消息就是最好的消息，可我也是真的很想她。她露一面怎么了呢？我不会纠缠她了，我就是想知道当年她为什么会忽然就走，连个招呼都不打？我只是想知道答案而已。”

他想找一个答案。

他曾经以为陈妙可以贯穿他的一生，晚年时候他再想起自己的青年时代，满满的只有“陈妙”二字。只是没想到，如今还陪着他默默前行的，并不是陈妙，而是一个在等待答案的问题，一个有些痛苦的秘密。

四年的时间过得一点儿也不慢。

四年里，赵兟长得更高，变得更有名气了，受到了更多人的喜欢。他能坦然熟练地面对聚光灯，面对能坐满整个礼堂一楼和二楼的观众，面对那些灼灼的期待。

只是偶尔，他没办法坦然面对自己。

四年前，陈妙不告而别去了北方，两人又再次断了联系。后来他也北上发展了，他七拐八拐地打听到陈妙和刘焕然一起参加了国家队集训，而后又双双留在队中，只是上面的师姐太多，二人曝光的机会很少。明明两人后来都在同一座城市了，却又默契地都没去找对方，陈妙不来，他也不去。

有一次接受采访的时候，记者问他最大的理想是什么。

赵铣说："我希望相声能更深入地走进大家的日常生活，也希望有这么一部分人，看见相声就会想到我赵铣。"说完，他脸忽然一红。

大家都觉得他是因为小小的野心而脸红，只有他自己知道，他是想到了这一部分人中，也许会有陈妙。

也许，万一，就会有她呢？

她也许在电视机上，也看到过自己呢？

窦园陪着赵铣一瓶又一瓶地喝酒，他的酒量其实并没有很好，喝到一半的时候就回屋睡觉了。

桌子上放着两个盛着点面汤的碗，二十多个啤酒瓶子，赵铣守着瓶子，守着空荡荡的客厅，守着窗外沉沉的黑夜。他托着腮帮子哼哼了两句："一碟子白菜丝儿，一碟子炒肉丝儿，干炸丸子，糖醋鱼儿。四个菜碟儿忙摆好哇，但等着出外的，俏皮的小郎君呀啊。"

是《照花台》。

唱着唱着，赵铣把自己都给唱笑了，他托着腮帮子又想，下面是什么来着？

"四更儿里……四更？这就四更了？"他喃喃道，"行吧，四更就四更。四更儿里……”又突然收了声，他想了想，打开了手机点下了录音。

他清清嗓子：“四更儿里，月影儿西。思想起郎君，流落在哪里。一朵鲜花儿，你摘了去呀，半开不落的花儿算谁的。”

赵兟唱得开心，喝了口啤酒又接着唱：“奴家相交你，我们才十八……呃，不对，哪有十七啊那年……那时候可还小着。奴家相交你，我们才十八，并无三心和二意……来来往往，比我学艺年头都长呀，哪一宗哪一样儿，对不起你？”

他忽然觉得张不开嘴，一摸自己脸上，温温热热的，都是眼泪。

第二天一大早，陈妙早早就到了训练馆，她正在更衣室换衣服，就觉得有人扯她衣服，头都不用回就知道是刘焕然。

“你先别忙活了。”

陈妙回头：“你干吗，我得穿衣服啊？”

“哦对，你先把衣服穿上。”

换好了训练穿的半袖和短裤，陈妙又转过来看她：“你怎么了？”

两人在更衣室的椅子上坐下，刘焕然掏出手机：“我昨天晚上睡不着，发现个好东西。”

“你是不是训练量不够啊？不然怎么总是睡不着？”

刘焕然拉下脸：“你哪儿来的那么多话？再叨叨，我就把你昨天晚上逃训练的事儿告诉教练。”

“别呀，您说，您发现了个什么好东西？”陈妙立刻一脸讨好的笑容，还给刘焕然捶起了腿。

刘焕然点开相册，找出一个视频来，屏幕中一片漆黑，过了一会儿声音才响起来。

是赵皝在唱《照花台》。

陈妙下意识想躲，却被刘焕然拉住：“别忙着走啊，你听听后面这段。”

没有办法，她只好留下来细细听完了，没做评价，拎着包就出去了。

刘焕然跟在她身后叨叨：“你俩当年到底是什么大仇啊？你听赵皝的音儿都有点不正常了，唱着唱着肯定是哭了。你不知道，这个视频昨天晚上在微博上可火了，不知道他怎么搞的就发上去了。我当时就觉得不好，肯定是要被删，就麻溜地存了一份。啧，这肯定是唱给你的呀对吧……陈妙你走那么快干吗？你慢点走等等我啊陈妙！”

陈妙热身，刘焕然拽了张小凳子坐她旁边。

“你昨天到底是干吗去了？我查了咱们这儿最近的演出，可就赵皝他爷爷那一场啊。别的你也不愿意看，难道是魔术或者你喜欢看器乐演奏？所以你昨天到底是去哪儿了？”

陈妙做着体前屈：“刘焕然，你话要再这么密，就真嫁不出去了啊。”

“怎么会，总有人喜欢我这一款的呗。”

“我的意思是，你压根儿活不到嫁人，就会被我剁了。”陈妙眼里寒光一闪，森森地看着她。

“得，我滚，我立刻就滚，关心你还被嫌弃了。”刘焕然撇撇嘴，回屋换衣服去了。

送走了这尊佛，陈妙也暂时停下了训练，她打开包取出水杯，叹了一口气，又看着人并不多的训练馆，看着从最高的那扇窗户里透出来的晨光，想起昨晚的梦来。

梦里应该还是他们上初二那年，那时候她还在学校上课，赵兟也在。也是这么一个阳光甚好的早晨，她站在走廊里当值周生，赵兟迟到了，背着书包气喘吁吁地跑过来。等他跑到她跟前，她就伸手一拽，大笑着说：“不许走，你迟到了！”

赵兟穿着校服，干干净净的。他拧着身子要往班级跑，两人挣挣扎扎的，他兜里的钥匙叮叮咚咚地撞在一起，发出声响。

赵兟说：“陈妙松手，你听话啊。”说着就好像想起什么似的，又补充了一句，“我有东西要给你。”

陈妙蒙蒙地松开了：“啥啊？”

这梦她做了很多次，每次梦到这儿的时候，赵兟都趁着她松手的瞬间跑走了。可昨夜却并没有。

在昨夜的梦里，赵兟说：“你把眼睛闭上。”

陈妙看见他的棱角被光线打得越发温柔，她闭上眼睛，眼前似乎红彤彤一片，却能感觉到他在靠近。上课的铃声响了，但是他并没有停止动作，他凑过来，摸了摸她的头发。

陈妙感觉自己好像流泪了，她伸手搂住赵甝的肩颈，甚至还闻得到他身上的味道。她把头靠在他肩膀上，听见他在她耳边说："我想把我自己给你，可是你不要啊。"

陈妙醒来的时候，天才蒙蒙亮。她躲在被子里，翻来覆去的，流不出眼泪，却也再难入睡。

赵甝换好了大褂，和窦园都坐在后台刷微博。

窦园表面上一派沉稳，波澜不惊，十分淡定，其实正在查看"那些适合单身青年做的家常菜"，偶尔还点评道："他做的这个菜，得过油啊，一般人哪弄得来这个？"

赵甝托着下巴，无意间点到了搜索页，一条热搜就这么冲到了他眼里。

"行为好怪异一女的。"

他琢磨着，这得怪异成什么样了，弄得全国人民都知道了，然而他没意识到自己也是不久前才上了热搜的人呢。

他点进去，发现是一段视频。

"很多观众老爷们都非常好奇我们队不训练的时候，大家的业余生活是怎样的，今天就让我们走进女队内部——我知道这时候就有人要问了为什么是女队？答，因为快元旦了，男队没剩几个人了。女队相对来讲还多剩下几头蒜，行，咱们也不多说了，这就出发。”

然后画面加快，说话的人飞快地上楼，敲开了 316 的门，一开门，是刘焕然。

刘焕然蒙蒙地问：“老陶你来干吗？”

说话的人，应该说是陶晰，陶晰笑着道：“看看你干吗呢？”

刘焕然把门大开着，镜头随着陶晰一起往里走，然后一转，靠近窗户的那张床的上铺位置，站了个不明生物，仔细一看，是个扯着被罩站着的人。不过她全身都蒙在被罩里，所以看起来像是一只巨大的海星。

刘焕然扯着嗓子喊道：“来人了，陈妙。”

赵毪愣住，手却比心动得更快，先一步点了暂停。

窦园还在一旁叨叨：“这面条看起来倒是挺好做的，但就是得去另外买那个酱。说实话那酱，我觉得一般……”

赵毪随口搭了句：“那就自己炸酱呗。”

“我也是这么想，但他给的这个菜谱我觉得可行性并不太高。要学做饭最好还是从头学，这是我过来人的忠告，你说对不对？”窦园偏头看向赵毪。

赵毪连忙迎合：“对对对，我觉得对。”说罢又在手机屏幕中央点了下，画面又播放起来。

“谁啊？”画面里的“海星”问了句。

陶晰：“陈妙你干吗呢？”

“套被罩啊，我这是在网上买的，到手了才发现是个双人的，这不正在想怎么折才能折得适合我曼妙的身姿呢。”

陈妙全程没露脸，就是在跟被罩搏斗。

“那我们就先去拍其他人了，不耽误你俩了。”

刘焕然捏着一个苹果啃了又啃：“耽误不了，反正我也没打算帮她。我就跟她说买大了买大了，她非说她那床是两米乘两米的。”

陶晰出门走了，镜头也跟着走了。

赵虓把进度条往后拽拽，跳到中间位置，画面里陶晰跟摄像师兜兜转转地又回到了316，而刘焕然和陈妙正在玩牌。

刘焕然笑嘻嘻地洗牌：“我也很少赢，但是在这个游戏上我面对陈妙，那可以说是很少输。”

陈妙坐在地上抱着膝盖，眼神呆滞：“再来一局。”

陶晰问：“陈妙你被罩套完了吗？”

她指了指自己床上那堆破烂：“我打算下午买台缝纫机。”

刘焕然挤挤眼：“好怪异的行为吧？”

画面又一转，这一次是在食堂，其中也有刘焕然和陈妙。一个队员刚好端着一碗面走了，陈妙悄悄跟刘焕然说：“那碗好像是我的。”

“你怎么看出来的？”

"它升腾起来的热气，我感觉很像一个'陈'字。"

能看得出来做后期的也是个会玩儿的人，愣是在视频里加了弹幕，浩浩荡荡的"666666"从右至左行军一般地滑过，滑过刘焕然微微颤抖的嘴角。

这姑娘得有多神通才看得出是个"陈"字啊。

赵˙看着视频中的陈妙，心怦怦直跳，终于，又见到她了啊。

画面还在继续，但已经是晚上了，跟随着生活检查小组，镜头又来到了女队的宿舍。

毕竟嘛，今儿也不训练，那自然是除了吃就是睡。他们本来是来检查夜间用电情况的，检查到了刘焕然和陈妙的宿舍，怎么敲门都没人开。大家就在合计是不是这两人回家了，睡着是肯定不可能的，毕竟这两人都是出了名的精力旺盛。

陶晰拿出钥匙拧开房门，三四道手电筒的光同时打到地上。

房间中央是一张凳子，上面摆着一袋子卤鸭锁骨、两碗方便面，旁边蹲着陈妙，而刘焕然正坐在自己的床上端庄优雅地看着电视剧。

陶晰扒拉着凳子上的东西："这两碗都是你一个人吃的？"

陈妙有点犹豫："啊，虽然很不好意思，但确实是的。"

"那你摆得跟两个人在吃似的。"

"仪式感。午夜进餐，也需要一种高贵的仪式感。还有，这段能不能不给咱们领导看，我怕我会被开除。"

……

视频到这儿就快结束了，赵熊又在那个主页里往下刷了刷，刷到了更多乱七八糟的东西——“……为大家带来更多行为怪异女子陈妙陈选手的新鲜资讯。”陶晰举着话筒，一本正经地说道。

也是一小段视频，应该是他们队里谁过生日，一群男女队员都聚在一起，背景似乎是宿舍，大家都坐在桌前，要不就忙活着吃饭，要不就给别人递盘子递碗。

突然屏幕上出现了一个巨大的箭头，指向了在角落偷偷行动的陈妙——她正在扒一条玩具狗的衣服。

“你干吗呢？”刘焕然抓住了正在做坏事的陈妙。

陈妙装作若无其事，把狗往后一甩，两个爪子环着自己的脖子：“哎哟，你看它，它可黏我了，赶都赶不走。”

赵熊拿着手机，笑得前仰后合。

窦园过来拍他肩膀：“别笑了，上台了。”

一看时间，果然到了，赵熊收好手机，脸上却还留着浓浓的笑意。

那天在赵熊的超话里，粉丝们发 repo（指粉丝看完现场节目后回去写下的对表演的描述）的时候都说今儿小赵爷状态特别好，笑呵呵的，特别特别可爱。他一笑就显得整个人非常阳光憨厚，活像个小傻子，以至于在表演的过程中，有好几个地方窦园都没舍得使劲砸他。

大粉丝丁萌修完了返图，po（上传）到微博里，又回到自己首页。

她翻着翻着忽然觉得不对，于是找出陈妙的微信，发了一条消息。

“你就是微博上‘行为怪异那女的’？打乒乓球的？”

陈妙回复得很快：“我不是，我没有，你认错人了。”

“就是你，我记得你长什么样儿来着。”

陈妙发来一个大哭的表情。

丁萌组织了一下语言，又发了一条：“你干吗呢？有空明天出来吃顿饭吧，我总觉得你跟赵角儿认识。那天我去兑奖，本以为就是个工作人员给我发，没想到是他亲自给我兑的，还一直问我到底是不是陈妙。欸，你说逗不逗，他还把有你签名的那张副券要走了，说不定他是你球迷之类的。”

“嘿，那你是不常看我比赛。我打球特水，完全就是个球场混子，他要是我球迷，那他眼神可真不大行。”

“明儿有空吗，有空吗，有空吗？”

“欸，你这嘴怎么跟你‘爱豆’似的也那么碎啊！”陈妙又补了一句，“明天没空，明天家门口打公开赛。”

“那我明儿去看你吧，哪儿买票？”

虽然陈妙很不想说，但为了维护和丁萌的“友谊”，还是告诉了她——

“我们这次比赛，主力基本上全部缺席，所以票根本没太卖出去。你到了之后，在门口找票贩子就行，卖得比官方便宜多了。”

丁萌答应得倒也痛快："成，正好我们后援会最近有一批新物料，给你带着。"

陈妙打了删，删了打，还是没忍住，问丁萌今天赵兟演的是哪块活？"是《学哑语》和《八扇屏》，后天小园子还有一场，元旦专场，你应该也放假，咱们去吧！"

陈妙发过来一串问号，还附带一句："你这压根儿就是个祈使句，根本没容我回答啊！"

"是呀，反正你把身份证号给我，我买票。"

等陈妙削好苹果，忽然想起一件重要的事："你可别买太前排的啊！"

丁萌："晚了，我本人从来只坐VIP。"

陈妙这就不想去了，可她又实在是有点想看赵兟的演出，尤其是在这种大赛之前的晚上，她总是尤其想他。

大不了，就蒙面呗？

反正她已经是被人盖过章的"行为怪异一女的"了。

——无所谓，无所谓。

——无所谓个大头鬼啊！我不要面子的吗！

陈妙脑子里有两个小人儿在打架，她俩不仅没有制伏对方，反而把她一脚踹晕了。她就这么纠结着纠结着，睡着了。

丁萌带着陈妙买了元旦专场的演出票，赵兟则是把窦园从劳动状态里强行解放出来，非要拉着他去看12月31号的那场“主力缺席，赢面甚微，一听就特别不好看，但是有陈妙”的国际乒联巡回赛，还不是决赛，只是第二轮。

窦园坐在自家的地板上接赵犹的电话：“我羽绒服都洗了，你让我穿什么去啊大少爷？”

“别担心，你相中我哪件了，随便穿。”

“包饭吗？”

“哥哥想吃什么，随便说。”

“也不是那么回事，主要是我在家干活呢。你是看几点的比赛啊？”

赵犹是何等的冰雪聪明，立刻会意：“我现在就去你家干活。”

两个人擦了地，换洗了床单被罩、窗帘、沙发套，扔了冰箱里的过期食品，还重新收拾了乱糟糟的书架。就连窦园扔在床边好久不碰的那两把京胡，赵犹都给重新定了弦，给弓子上了松香。

窦园沏了一壶茶递给他：“坐会儿。”

赵犹在对面坐下，窦园一挑眉，问道：“你确定这比赛有她？”

“有，我昨天看她那个超话，有人说了一嘴。”

“那比赛你能看懂吗？反正我是看不懂。”

赵犹晃晃脑袋：“看得懂看不懂都无所谓，其实我巴不得她输，事业失败走投无路，兴许还能回来找我。”

窦园满脸黑线：“你这什么心理，被你喜欢真是太惨了。”

“我就这么一说罢了。”

赵犹站起来拍拍衣服，窦园也跟着起身，收拾好后两人也准备出发了。

丁萌早早去了体育馆门口收票，陈妙在场馆内，开始准备热身。刘焕然跟着场馆里放的音乐，边哼哼边跟着一起活动身体。

“这歌唱的什么？”陈妙满脸的嫌弃。

刘焕然停下了动作：“妈呀，哥哥们的歌你都不知道？”

“这是韩语歌，我又不会韩语，翻译一下呗。”

“就是唱的 loser（失败者），孤独者，假装强大的胆小鬼。”

陈妙顿时炸了：“谁放的！我要找他拼命！涉嫌影射我，举报了！”

刘焕然哈哈大笑起来，又给她理了理不小心被卷到运动内衣里的领口：“别输得太惨就行了。”

陈妙有点丧：“我就觉得我特别背，你琢磨琢磨最近这比赛，我是不是总是费尽千辛万苦终于进了初赛，结果刚进入到可以被电视转播这种级别，我就碰见一号二号种子？这次好不容易队里没人来了吧，又碰见那个日本的小丫头。我俩干脆就是一个类型的，就是个搏。”

“她搏你也搏呗，有啥可怕的。”

陈妙摇头，喝了点水：“可惜老夫今骨立，已无余肉为君搏。”

刘焕然忽然扑过去掐她肚子：“你这不都是余肉？”

陈妙光速逃开。

丁萌觉得自己前面这两个后脑勺，有点眼熟，她小声叫了一句："窦老板？"

窦园回头看她，赵兟也回头。

赵兟笑着跟丁萌打招呼："我上次问你，你还嘴硬，我就说你肯定认识陈妙。"

窦园反应过来："啊，她是上次那个，那个滑雪票是吧？"

"对对对。"丁萌激动得有点结巴，"你俩也来看这个？"

窦园点点头："闲的，陪他。"

赵兟给窦园介绍道："这是咱家的大粉丝，我之前都不知道是她，后来有一次我看她微博上，发了一张自拍。我一看，哟嗬，这不是那个谁嘛。她经常发咱俩的返图，修得都特别精神，尤其是你，她拍的你的照片我都精心保存了。"

"别别别，我相貌平平无奇不值得你如此珍藏。"窦园连连摆手。

丁萌酝酿半天，还是没忍住，终于小心翼翼开口问道："那个，赵老板，我想问您一个问题。您跟这个打球的陈妙，到底什么关系啊？"

赵兟沉默了一下："实不相瞒，我是她二舅。"

听到这话丁萌一下子笑开了："您知道昨儿我问陈妙，她怎么说的吗？"

赵兟："怎么说？"

“陈妙说，实不相瞒，我是他妈。”

“哈哈哈……”窦园在一旁笑得直不起腰，边笑边问，“你跟赵兟他娘咋认识的啊？”

“嗨，说来也简单。这不是那天赵爷爷专场嘛，我俩都在那儿等着检票，一对号，我俩还挨着，就站着聊天。聊着聊着我一摸兜，发现我钱包没了，陈妙眼睛特别尖，发现有个人神色不大对，然后就把包扔给了我，就追小偷去了。”

赵兟摸着下巴点点头：“不错，是我外甥女的作风。”

“那小偷吧，也是心虚，再加上体力不行，没跑多远就把钱包扔了，陈妙就捡回来还给我了。东西也没丢，我当时还想呢，这女孩儿怎么这么能跑？穿着羽绒服大棉裤，跑得都跟飞了似的。我那时候问她是干吗的，她说她在南方码头扛大包的，这不放假了吗，回来过节。”

窦园大笑，笑得眼泪都快出来了。

丁萌更是白眼都要翻到天花板上去了：“更要命的是，我还信了。”

窦园捂着肚子，一叠声地说：“不行不行不行，咱这站姐（网络流行词，就是为某个明星开一个网站，发图片、消息、行程、周边代购、专辑，帮明星应援等。站姐就是老大，负责追行程，前线拍照，应援等活动。）太可爱了。‘赵伯母’更可爱，这都一群什么女的啊。”

赵兟正襟危坐，强装正经，又从兜里掏出眼镜：“让我来瞧瞧。”

他找了一圈。

又找了一圈。

再找了一圈。

没看见人。

窦园瞅着他这白痴样，满心无语，便随意往下看一眼，说：“陈妙好像又长个儿了。”

“她在哪儿呢？你咋看见的？”

“眼镜给你都白瞎了。左边那扇门，旁边偷喝酸奶那个，不就是咱师姑吗？感觉头发也长了点儿。”

“你怎么知道她是偷喝呢？”

“她教练刚刚去看了她一眼，她又特意侧身。那个，是叫刘焕然吧？刘焕然还帮她挡着来着。”

赵㤞回头跟丁萌说：“你琢磨琢磨我哪敢欺负窦园，就他这样儿的，我根本不是对手，太奸了。”

丁萌在后面看着赵㤞和窦园的互动笑得要岔气了，她喜欢的这两人怎么就这么可爱呢。

比赛开始了，丁萌、赵㤞和窦园，仨大外行叽叽喳喳地小声讨论着。

“她这个球，为什么就是对方得分了呢？刚才不是发过去了吗？”

“触网吧。”

“你会用‘触’这个字欸，你好专业。”

“也是昨天晚上现补的，不想被别人嘲笑。”

赵毨环顾四周，偌大个体育场，划拉划拉也就来了七八十个观众：“可是……这儿也没什么别人，谁能嘲笑你？”

丁萌腹诽：“我不要面子的啊！”

第一局结束得很快，对方十一分，陈妙六分。

丁萌说：“快点打也好，早点结束我俩吃饭去。毕竟她这对手，近几年还是挺风生水起的，日本那边以断代为代价培养了这批人，从小就以赛代练，确实有些优势。”

窦园伸出大拇指：“专业。”

“别的我倒是没感觉，就是为什么对面这位总是大喊大叫的？眼看着陈妙刚才喝水的时候都被她吓得呛了一下。”赵毨皱着眉头，似乎有点紧张。

窦园没理他，反而岔开了话题：“陈妙的运动服好看。”

赵毨点点头表示认同：“她身上这个红我也喜欢，咱们有空也去做一身这个颜色的大褂吧。”

丁萌觉得这小哥俩就像是追星而来的小姑娘，关注的重点除了“哥哥又受欺负了”“哥哥好帅”就是“哥哥今儿的衣服好好看，我们也想要同款”。

丁萌默默地想，陈妙真惨，一共就三个人是为了她特意来的，还都不是专业观众，甚至还都不太希望她赢。

窦园小声地靠近赵毨耳边：“你收收你那个眼神，知道的你是在看比赛，不知道的还以为你在看产房大门，里面有你媳妇儿。”紧张得要命。

第二局比赛开始，陈妙的风格变得比对面的日本选手更搏更冲。她一度领先，对面叫了个暂停，暂停结束后，追平了比分，但最后还是被陈妙拿下了这局。

一比一。

丁萌肚子里那点临时恶补的知识已经快掏空了，只能跟着大家一起叫好。

窦园出去抽烟，赵铣看着下面自己心心念念的人儿愣愣地出神。

中场休息的时候，刘焕然过来摸陈妙的裤兜，陈妙说没糖，让她去更衣室找，刘焕然比了个“ok”的手势就撤了。

赵铣弯着腰捂着脑袋，坐在前排。

窦园一走近就递给他一卷糖：“刚才看你就觉得不大对，是不是低血糖又犯了？”

赵铣边撕糖纸边说：“可能是饭没吃够。”

赵铣的低血糖近两年越发严重，动不动就一身虚汗眼前发黑。最开始他也没注意，直到有一次演出的时候直接倒在了台上。

那次醒了之后，他头一句话就是跟窦园说：“你说我这事是不是值得行风建设委员会给我发个敬业奖啥的？”

窦园当时削着苹果：“值，太值了。你出大名了你知道吗，演出没多火，倒台上这事倒是连电视都上了。”

“你可得给我俩平反啊，去年六月份，我俩帮师兄那个新开张的摊子做宣传演出，票都卖出去了，结果最后没上台，那可不是我俩放观众鸽子啊。那天我们行头都换好了，赵㬪忽然在后台晕得走都走不了，看我都虚焦的，就跟今天这情况一模一样。”窦园对丁萌说道。

赵㬪含着糖，问：“有水吗？”

“车里有，我给你拿去。”窦园又出去了。

丁萌心疼得泪眼汪汪的：“要不你俩先回去也行，回头到底是什么结果，我在微博上艾特你俩。”

赵㬪摆了摆手，回头看了一眼她，看的位置都不对。

“你跟我说两句话。”赵㬪招呼了丁萌一句。

“说什么？”

“随便说就行，我注意力有点集中不起来。”

丁萌俯下身，小声地说着场上的局势。

“嗯现在是，陈妙发球。她擦了擦这个球，欸，发球了，发球得分，一比零……好，开始，这个叫什么，对拉？总之就是你一板我一板，陈妙往后撤撤撤，开始吊高球，是叫这个吗？吊高球？应该是的。咦，陈妙叫了个暂停，现在比分是九比七，陈妙九分。”

窦园去了好久才回来，还拿了点吃的，他伸手在赵㬪眼前晃了晃：“能看见人吗？”

“好点了，就是不能晃，一晃眼前就是一堆星星。”

“要不咱们回去吧？”

赵馟不敢摇头，只能拉着他说道：“走吧。”

他俩猫着腰准备撤，赵馟又想起什么似的对丁萌叮嘱道：“什么结果记得告诉我一声儿啊！”又补了一句，“你们要是一起吃饭的话，看着点儿陈妙，让她多吃点儿，吃点儿好的。再有就是，别告诉她我来了。”

窦园插了一句：“我俩，别告诉她我俩都来了。拜托拜托！”

丁萌重重点头：“放心吧！”

此时比赛场上，陈妙捏着球吹了两下，侧着头，正好看见赵馟和窦园离开的背影。

她俯身发球，十一比七，拿下了第三局。

那天赵馟回家之后躺了好久才勉强缓过来点儿，能正常视物了。他爸拎着报纸背在身后在他这屋来回晃悠，问他是不是又没好好吃饭，又出去野了。但他那时连说话的劲儿都没有，只能窝在被子里，赵爸无法，只好关了灯关了门，走了。

赵馟还惦记着比赛，赵爸一走就掏出手机，想要刷刷微博。

然而刚打开微博，赵爸忽然又开了门：“难受还玩手机！”

赵馟哭唧唧的，他爸走过来把床头灯拧开：“就这么懒，开个灯都不会。”

赵䶮又发出一串无意义的声音。

“我现在就走行了吧，好好说话骂什么人。”

“那我就谢谢您了哎，我的老父亲。”

赵爸无奈，他怎么就生了这小子，关门走了。

屋里又只剩下他一个人，赵䶮找到丁萌的微博主页，发现并没有什么消息。其实他很困了，准确地说是又困又晕，可就是还不想睡。

他想陈妙了。

有一种思念，远远望着是不能解渴的。在不可触碰的前提下，距离越近越会生出热烈的渴求。没见面的时候想见面，见了面就想说话，说了话后想一起静静地坐着，想看她忙活着别的事，但是在自己的眼皮子底下忙。这样就会有一种，已经融入了对方生活的错觉。

融入生活，融入早饭、午饭、晚饭，融入青年、中年、晚年。

彼此有感情的人之间很难保持一个所谓的安全距离，所有的距离都是不安全的。一旦有了爱，便也就有了无穷的占有欲。

占有欲的终极，就是我就是你，你就是我。

赵䶮万里长征还没走出第一步，神思却已早早到了终点了。

他看着陈妙的感觉还跟以前一样，这人就是我的，这没什么好商量的。更别提他们曾经确实离得很近。

十八岁的那个夏天，空气里有茶香，他在台上说《双锁山》。

台下有老听众就逗他，说：“小赵爷呀，你总上这块活，是不是糊弄听众啊？”

赵兟就摸摸后脑勺，腼腆地笑着说：“才没有，我哪敢糊弄您老几位？我就是爱唱这段。”

“那你爱这段的什么啊？”

“那，高俊保，大英雄啊！我当然爱。我总琢磨着我要是高俊保可就好了。”

有位伯伯笑着起高调：“哟，那你家刘金定在哪儿呢？”

赵兟脸通红，看看后台：“她，她在后台坐着呢。”

赵兟没事的时候也会去看陈妙训练，常常一看就是一天。他那阵子每天除了练功，说得最多的就是劝陈妙退役。

陈妙把训练包扔向他，满头是汗：“我退役你养我啊？”

“我养你啊！”

“我吃得可特别多。”

“看你这话说的！你要吃少了，我跟你急啊！”

陈妙推他一把，笑着说：“扯淡。”

两人骑自行车回家，陈妙不放心赵兟在前面，还是按照惯例骑车带他。直到有这么一天，陈妙是真的训练得太累太累了，想跟赵兟坐公交车回家。

赵兟说：“让我带你一回吧。”

要是放在平时，陈妙肯定会拒绝，唯有那次，她什么都没说，只是坐到了后座，然后自然而然地搂住了赵兟的腰，脸也贴在他后背上。

那段路并不算长，地面平实，视野开阔，车也不多。

赵兟记得自己那天穿了件白色短袖，卡其色短裤，陈妙也差不多，就是比他多套了件外衣。

骑到一个红绿灯路口的时候，陈妙说："你停一下。"

赵兟停下，陈妙跳下来，把外衣脱给了他。

"我不冷，你穿着吧。"

"没事，给你挡挡风。"

"那你呢？"

"我靠着你，你给我挡风。"

他觉得自己那天骑了好久好久，似乎什么声音都听不见，却能清楚地听到陈妙的心跳和呼吸声。

到了她家楼下的时候，陈妙已经困得睁不开眼了。

赵兟冲她张开手："过来抱抱我。"

陈妙就乖乖地过去抱他，恨不得在他身上睡一会儿。

赵兟摸着她脖颈处的碎发："不扎得慌吗？为什么不扎起来呢？"

"扎不起来，太短。"她一说话，赵兟就能感觉到从胸前传来的微微震动。

她犯困的时候特别可爱，嘴也不硬了，脑子也不转了，傻傻的，十分诚实。只要找准时机，就算想知道她银行卡密码，也是轻而易举。

“你也不收拾收拾，乱糟糟的。”

陈妙慢悠悠地回道：“我上次去剪头发，你不是说留长点好看嘛，我就留着了。”

如今她仍是短发。

如今他俩偶尔近在咫尺，却像是隔了一整个天涯。

赵兟拿着手机刷新了不知道第多少次，终于刷出丁萌的一条新消息。

“陈妙选手虽行为怪异，但实力超群，四比二淘汰了大喊大叫的日本小姑娘。现在，我们要偷偷跑出去吃夜宵了，陈妙说她能吃下一头牛。”

图为两人正在坐地铁，陈妙在她旁边玩“消消乐”。

丁萌还特地艾特了她，她的微博名字也比较直白，就叫陈妙。

赵兟长舒一口气，疲惫感忽然排山倒海地袭来。

第四章

送你一颗糖

窦园和赵兟正在偷偷分吃小面包，就是地点比较特殊。他俩现在，正坐在某视频网站举办的年度话题人物颁奖典礼的现场。

不过，典礼还没开始。

赵兟一吃不饱就话很多，他噘着嘴：“这家一点儿都不讲究，都不供饭。”

“这都是一帮腕儿，你让他们怎么供？你以为他们都跟咱俩似的，吃什么都行？”

赵兟又噘了噘嘴：“你得了吧，也就是我，吃啥都行。你，身娇肉贵，因为家附近的外卖不好吃，都能自己学做饭的主儿，我才不信你好伺候。”

窦园塞给他一块面包：“赶紧吃！给我吃！吃都堵不住你的嘴！”

赵兟不知道的是，他俩在嘉宾席这头吃，陈妙和刘焕然就在嘉宾席那头吃。刘焕然是借了陈妙的光进来的，当时活动的主办方先是找到了队里——陈妙确实是火了，那阵子她接二连三地上热搜，上到最后她自己都莫名其妙。

“行为好怪异一女的”是她。

“陈妙终结木村早苗对中单打十一连胜”，是她四比二赢得比赛那天。

“陈妙看鱼”，这是她某天无意间自动上传了一张照片，刘焕然拍的，她盯着鱼池，虎视眈眈。

“陈妙 乒乓球教学”，这是队里组织的直播节目，非得让她教直板，陈妙上来说的第一句话就是：“大家好，我就是前一阵子那个套被罩的怪异海星。”

刘焕然强捂着她嘴：“姑奶奶你说点儿好的吧！”

然后，陈妙第二句就是：“直板，很直。”

下一个热搜也出来了——“直板很直”。

陈妙找到队里的领导：“你们别给我买热搜了，做个出名的老阿姨太累了。”

领导也很无奈：“不是我们啊，是你就是这么个热搜体质啊。”

当天晚上陈妙就发了一条微博，内容为：你们不是真的爱我，你们不知道我其实很菜的。我别名叫陈菜，陈少女只是我行走江湖的假名。

因为这条微博，陈妙再一次上了热搜，话题是“陈妙 假名”。

第二天，队里领导一大早就让陈妙去参加一个活动，就是今天这个视频网站举办的颁奖典礼。

陈妙跟视频网站的人接洽的时候，十分谨慎地打听："那个，我能带个人去吗？"

对面那姑娘一愣："你都没有助理的吗？"

"我当然有。"

在旁边等着消息的刘焕然接过电话："我就是。"

就这样，陈妙和"陈妙的助理"刘焕然，成功混入了现场。

刘焕然嘴里还塞着东西，吧唧吧唧："他们说要给你颁一个什么奖来着？"

陈妙眨眨眼，又眨眨眼："我有点忘了，可能是类似于走红最快这种吧。"

"这个妆化得还行。"刘焕然上下打量着，"就是这裙子，你一会儿上台的时候可小心点儿，回头我还得还给我姐呢。这可是她结婚时敬酒的衣服，特别有意义。"

"放心放心，穿不坏。"

典礼的前半段冗长无味，也可能只是陈妙这么觉得，毕竟刘焕然还挺高兴，上去一个人她就上蹿下跳地介绍道："这人你不知道吗？那人你不知道吗？这个很火的！这女的好不好看，但是我觉得她整了容。"一回头，陈妙坐在那儿，睡着了。

主持人在一个热烈的歌舞节目后再次登场。

“接下来咱们要颁发的，是‘年度最爱网上冲浪少年奖’。有这么一位艺人，他一天登录微博的次数最多高达200次，几乎所有的私信他都会回复。而他的搭档，荣获了本次的‘最接地气艺人奖’，他最著名的事迹便是在机场对着接机的粉丝说‘都各忙各的吧，心里有就行’，他也曾十分认真地求教粉丝，锅包肉到底要不要放番茄酱？”

台下这会儿已经笑成一片了。

现场的镜头扫到赵熋和窦园，他俩都笑得特开心，看到屏幕上出现自己的脸，又都齐刷刷地，不好意思地低下了头。

“下面就有请二位大奖得主，相声演员赵熋，相声演员窦园！”

二人起身，一路小跑地上了台，接过了话筒。

“我是赵熋。”

“欸。”窦园习惯性地接话。

“我身边这位呢，是赵熋的搭档。”

“我叫窦园。”

赵熋拦他：“不重要，没人想知道。”

“哈哈哈……”

台下一片笑声。

主持人笑着说：“赵熋，我有个问题想问你，就是你为什么一天能上200次微博？”

赵熋十分诚恳：“不瞒您，我那天手机闪退，总进不去。”

主持人又问窦园："所以你现在知道锅包肉到底放不放番茄酱了吗？"

窦园也十分诚恳："不能放，那时是我年少不懂事。"

"那最后再请问二位，来到我们这次颁奖典礼的现场，有什么感悟没有？"

赵铣一挑眉："说实话吗？"

"说实话。"

"说实话就是，我有点饿。"赵铣挠挠头。

窦园居然十分不给面子地从兜里掏出一块糖："喏，给你。"

陈妙是被身边人的笑声吵醒的，她抬头一看，舞台上是穿着西服的赵铣和窦园，顿时第一反应就是，哟，头发抓起来还挺帅，西服也合身，不错，真是不错。

她眯着眼睛听赵铣他俩在台上插科打诨，脑子却不知道在想什么。她看着两人似乎是要下台，却又被叫住，站在台中间，那模样特乖，一人手里拿着一个奖杯。

主持人好像又说了什么，下一个奖又要开始颁了。大屏幕一闪，忽然出现了陈妙这张丧到极致的、刚刚睡醒的大脸，陈妙也没慌，眼珠子左右转转。

刘焕然悄声说道："该你上台了。"

这会儿她的困劲儿都还没过去，感觉自己走的那几步脚下都发虚。

其实她要是愿意抬头看看，就能清楚地看到赵窕脸色都变了。

陈妙走上台来，冲着主持人笑了笑："你好。"

"陈妙你好。"

"好。我得了什么奖？"

"走红最快奖。"

"那我可不行，要论走红快，还得是赵老板和窦老板。"陈妙冲台上那两人恭维道。

赵窕整个人仿佛都成了真空的，倒是窦园笑着拱手："师姑。"

主持人其实也没想到，他们这个环节本来是想安排陈妙这位未来的谐星跟两个专业的相声演员碰一碰，看能不能碰出什么火花，没承想能碰出来这层关系。

陈妙笑道："我爸他老人家，辈分有点问题。"

赵窕讪讪地打了个招呼："师姑。"

主持人接着问："那陈妙你下一步有什么打算？"

"我打算活动结束之后抓紧回队，运气好的话也许还能碰见我们楼层倒卖酱香饼的那个队友，我也许还能吃到夜宵。"

"你也没吃晚饭？"

陈妙摇头："我吃了，但没吃饱。"

几人在台上唠了一会儿，陈妙忽然想起来领导交给她的任务，她还需要说一段号召广大青少年投身体育运动激动人心的话。

"咱一会儿再唠，我有个领导交给我的任务要完成一下。"陈妙非常正经地端起话筒，却忽然忘词，"呃……"她不是容易着急的人，常年打比赛的原因，心理素质也非常过硬，想了想，决定干脆自己说。

"作为以乒乓球运动为职业的人，我是非常不希望我家里的孩子继续从事这一行的，毕竟路太难走，而且不好回头。但那只是对自己家里的孩子，毕竟我知道我的侄子侄女，外甥外甥女都是个什么样子，我觉得他们并不合适。但如果让我重选一次，我还是愿意成为一名乒乓球运动员。当然，咱们抛去，我除了打球之外别的都不太会这一点。"陈妙笑了几声，"每一条路上都有美丽的风景，每一个人生阶段，我们都会碰见美丽的人和事物。我希望前辈们后继有人，于是我从事了这一行；我也希望我能给这行留下一点微薄的希望，所以我想让大家给予运动员更多的关注。"

陈妙说到最后，非常认真动情，眼里似乎有一条蜿蜒流动的星河。

赵犹站在离她三米远的地方，他觉得自己沉溺在了这条星河里。

而且他，不想求援。

活动结束后，陈妙在后台卸了妆，换好了衣服，准备去楼门口跟刘焕然会合。

只是她刚一迈出化妆间的门，就感觉自己被一股很大的力气扯住了，抬头一看，是赵犹。他拉着她的手腕疾行，西服后襟拧出一条条的竖纹。

陈妙想挣开，却动弹不得。赵兟身高腿长，又走得极快，到了最后她简直是要一路小跑才能跟得上他。

赵兟一路拖着她到了楼梯间，反手锁上了楼梯间的大门。

陈妙被按在门上，他就这么看着她，一句话也不说。她低头揉了揉自己的手腕，嘟嘟囔囔地抱怨着："你就不能轻点？再怎么说我也是一姑娘啊。"

赵兟没换衣服，此时被箍得浑身难受。他的手长得很漂亮，手指又细又长，手背上的静脉安静排列，像一条条蜿蜒曲折的蓝色河流。他就用这样漂亮的一只手，轻巧地解开西装的扣子，又扯掉了领结，把原本系得板板整整的衬衫扣子解开两颗，露到锁骨。

陈妙知道这样虽然很不争气，但她还是不由自主地盯着赵兟的锁骨看，并且咽了咽口水。

"咕咚"一声。

她听得清清楚楚。

"有话说话。"像是为了掩盖心虚，陈妙主动说道。

赵兟冷笑："有话说话？那也得你理我才行啊。"

"没话说，那我走了。"陈妙转身要溜，赵兟就撑着手臂拦住了她的去路。

"我没话说，你就没话要跟我说吗？还是你烦我烦到一分钟都不想跟我独处？”

赵犹有把好嗓子，嗓音清亮，如夏日里的泉水飞扑入潭叮咚作响，让人听了觉得有股说不出的舒坦。

陈妙现在却一点都不舒坦。

这声音里藏着的是不知道积累了多少年的失望和愤怒，他越沉稳，情况就越糟，说明他心越凉。

她宁可他有些波澜。

“我有那么差吗？好不容易抽奖抽中你，你为了不见我，都能把票转送给别人？”

陈妙愣了一下，低着头说：“你也没好到哪儿去，你是不是也觉得那天我一定不会赢，所以早早就走了。我那天确实状态很不好，我肩膀有伤你也知道。”她叹了口气，头埋得更深，“我那天那个劲儿，很难说，倒不是想证明什么，就是觉得，赵犹都走了，赵犹都不信我了，这就是我活了二十几年的人生。我活到如今，没有亲人，没有事业，没有人对我有信心。二十年，四十年，一辈子，可能一辈子我都是这样的人了。”

陈妙抬头看他，嘴唇被她咬得发白，她拼命眨眼睛，压着声音里的哭腔：“你不也不想让我知道你去了吗？这又算什么？”

赵犹想解释，然而话到嘴边盘桓几圈，却只剩下一句“算了”。

“那我能走了吗？刘焕然还在等我呢。”

赵虓点了头，只是陈妙一转身他就后悔了，扯着她的胳膊又把她摁在门板上。陈妙眼泪大滴大滴地往下落，她拼命地挣脱，却始终被牢牢地圈着。

陈妙哭着，胡乱地打赵虓：“看我哭你很高兴吗？你还想怎么样啊？”

赵虓异常冷静：“我就想要个解释。四年前，你怎么能说走就走的？就算是普通朋友，也不能连个招呼都不打就凭空消失吧？更何况那时候，师爷刚走，你一个人，你妈妈又不在身边，那段日子你到底是怎么熬过来的？你走之后，我想了很久，只能想到一个理由，那就是你从来都没把我当过自己人。所以你把我当什么呢？招之即来挥之即去的玩物，还是个太过体面的路人？你知道我当年有多担心你吗？”赵虓说着说着，眼眶也红了，“你不会知道的，你根本没爱过我。”

赵虓的套路，陈妙实在是熟悉。她也知道他嘴上虽然这么说，心里却是有一万个小孩儿在大声呼唤：“快告诉我，你是爱我的！我是故意说反话的！快说你爱我！”

只是这次陈妙真的累了。

她懒得解释，懒得顾及所有人的感受，懒得为一个已经对自己心灰意冷的人再费口舌。

她擦擦眼泪，看向赵虓。

“你说得对，我就是没爱过你。我哪懂什么是爱啊，我一个缺少管教的野孩子，哪比得上你赵珗。你爸妈，你爷爷奶奶，可能一句话说得不对你都会难过半天，我呢？我爸是个相声演员，是个搞语言工作的，可是我小时候，他多跟我说一句话，我都高兴得不得了。他所有的话都留在台上，所有的笑脸也都在台上，留给我的，什么也没有。所以，我哪懂爱人啊？我跟你，随便玩玩的。”

陈妙看着赵珗的一张脸变得惨白，看着他眼里终于没了光，看着他慢慢放下了胳膊，慢慢地说：“你走吧，我不会再纠缠你了。”

他蹲在地上，把脑袋埋在胳膊间，露出一截雪白的脖子。

陈妙转身回了走廊，走了几步，终究还是忍不住，又回到楼梯间。

赵珗还保持着那个样子，既不抬头也不说话。

陈妙擦干眼泪，说：“伸手。”

赵珗不理她。

她又顺着他的领子扔进去一个东西，转身就走了。

感应灯黑了，赵珗在一片黑暗里渐渐恢复知觉，他摸了摸脖子——是块硬糖。

这天是周六，外面下了很大的雪，铺天盖地一片白。刘焕然昨天玩了通宵的游戏，现在正在睡觉。陈妙坐在窗边，腿烤着暖气，正趴在窗台上研究如何织毛衣。

忽然有个电话打进来，陈妙拿起手机来一看，是八百年都不跟她联系一回的窦园。

“师姑，”窦园无论什么时候都是稳稳的，“来我家吃饺子吧，我今儿想吃饺子，家里老人还都过不来，雪太大了。这不想来想去就咱俩离得近，走路五分钟也就到了。一会儿我给你发个定位，你走着来就行，上来的时候记得给我捎瓶料酒，我和馅儿使。”

“我还没说去不去呢？”

窦园想了想：“你也没什么理由不来吧，毕竟我也没叫赵犹那个讨厌鬼。你抓紧吧，我面发得差不多了。”说完就撂了电话。

陈妙忽然感到后背一凉，她回头一看，刘焕然正虎视眈眈的。

“你什么时候醒的？”

“这不是听到有吃的嘛，就悠悠转醒了。谁啊？是赵犹的那个搭档吗？那大高个儿的小漂亮？我也想去，带我一个呗！”

陈妙捏着手机：“人家就叫了我一个人去。”

“那你可以把名额让给我吗？你不要去了，我去。”

“你倒是想得美。”陈妙回到床前穿衣服，“借我双袜子呗，我袜子洗了都没干。”

陈妙顶着风雪，拎着料酒到了窦园家。她站在楼道里抖身上的雪，又探着头往屋里看：“他真不在？”

“不在，带他干吗？你要想让他来，我现在就给他打电话？”

“千万别！”陈妙跳进来，换了拖鞋。

窦园家不是特别大，收拾得却很整齐。客厅的桌子上放着一张面案，电视里正播着午间新闻。

陈妙去洗了手，走过来，驾轻就熟地帮窦园擀起了饺皮。

窦园去厨房端了个盆出来，开始拌馅儿，他低着头，拌得专心致志，一句话都不和陈妙讲。倒是陈妙先忍不住，看似是在擀皮，其实心已经飘了。

“那个，就那个颁奖典礼结束那天，你和赵烑是一起走的吗？”

窦园头也不抬：“不是，我先走了，他自己回的家。”

“噢。”

“不过半夜又把我叫出去喝酒，你说大小伙子谁半夜不睡觉跟他喝酒啊，我没理他。”

“噢。”

窦园冲陈妙一笑，两条卧蚕扁扁的很可爱：“我做事可能比较专心一点，也自己住惯了，师姑你有啥要问的就问，我没不想答你。”

“没事没事，我知道我知道。”

窦园端起盆闻了闻：“嗯，盐少了点儿，味还不够。”

陈妙踮脚去看：“你这是什么馅儿的啊？我跟你说我嘴可是特刁，一般的我都……”

黄瓜丁儿青青翠翠，散散的蛋花黄黄白白，窦园去端了大半碗剥好的虾仁儿进来，往里倒了点料酒，戴着透明手套轻轻地抓着。他笑呵呵地说：“这还真疏忽了，师姑喜欢吃什么馅儿的？”

陈妙摆摆手：“没，没事。”

新闻里说着天南海北，人间百态。窦园和陈妙伴着这声音，安安静静地包着饺子。

“元旦专场，师姑手里是不是也有张票啊？”窦园边漫不经心地问，边往饺皮上放好一个虾仁。

“有。”陈妙心想，这窦园，终于开始了。

“我确实有张票，但是临时有事，就没去。”她笑起来，“丁萌把我卖了？”

窦园也回了个笑：“猜的。”

“不过，我还真挺好奇你俩这几年是怎么过来的？势头还真是挺好的。”

窦园又拈起一张饺皮：“嗨，哪有那么多容易的事，也无非是我俩都算娃娃腿，家里老人们，又多少能说得上些话，同行的叔叔大爷们给我俩留口饭吃罢了。”

“你俩的新活也挺好。我没听过，但是偶尔听别人提过。”

窦园倒是挺谦虚：“还是生涩，还是得磨，始终还是舞台上的学生。”

陈妙一抿嘴：“还是跟你说话舒服。”她又想起赵毓那个油盐不进的样儿，一想就头疼，“演出忙，你俩也多注意注意身体。”

“没事，我一直非常养生。你看我这家里，养生壶、泡脚机、按摩椅、痒痒挠，一应俱全。至于赵犊，他且死不了，我跟你说，这个人啊就是看起来身体一直很好的，反而一生病就是大病，像赵犊那种一直磕磕绊绊的，其实还真没什么事儿。”

陈妙觉得窦园就像是一个负责问答的人工智能机器。只是这人工智能有点私心，只要是不往他想聊的那个方向说，他就有一万种办法把话说死。

那，成吧。

“元旦那天你们使的什么？”

窦园低头笑：“甭提了。我俩本来琢磨说，元旦了，给大家唱个歌什么的，是吧，开开心心的。”

“啊，结果呢？肯定没唱成。”

“可不是嘛。”窦园比画了一下，“头一天晚上我俩不是去看你比赛来着，你知道这个吧？那个谁，那个站姐可能告诉你了。虽然赵犊嘱咐她了，但是感觉她还是跟你关系更好，不会帮我俩。那天，我一看赵犊那难受模样，小脸儿煞白，我心说别在这儿挺着了，就给他带回家去了。”

陈妙愣了愣：“还是低血糖？”

“是啊，在家躺了一宿吧，第二天起来我看他那个状态还是不大行，发飘。我就赶紧跟那个负责人商量说换节目。不过也没办法，谁都不想这样。”窦园又擀了几张饺皮，“我那天就跟赵犹说，他能坚持到哪天，我就跟他蹚这潭浑水蹚到哪天。他要是身体实在跟不上不想干这个，想回家吃老本了，那我也就不说相声了。你说现在干点儿什么不能来钱是吧，师姑？我这个人的梦想就是开个小卖店。”

陈妙还没从刚才那个事里缓过来，就被窦园的远大理想惊着了，她真心实意地劝起他来：“咱有这张好脸，到哪儿都不愁饭吃，琢磨点儿好活。”

“我不，我就想开小卖店，这属于我长久以来的梦想。”

还挺拧。

陈妙好久没说话，她有点后悔了，她真没想到是这么个情况。

窦园还在那边自顾自地说：“小卖店，烟酒糖茶的，选在小区里我觉得就挺好。夏天出租那个烧烤用的炉子，也卖西瓜。师姑，我建议你还是多跟赵犹联系联系。冬天可以在室外摆盒子卖冰棍儿和冰糖葫芦……”

“等等，好像有什么重要的东西划过去了。”陈妙听着这话感觉有点不对劲。

“冰棍儿，冰糖葫芦？”

“再往前倒倒。”

“冬天？”

“再往前。”

窦园眼睛一弯，温和又有些正式：“我知道你听见啦，师姑。我是想劝你，最好还是多跟赵兟联系联系，他那样儿我看着都可怜。”他语重心长，“赵兟初中没读完就被迫跟着家里人搬家，走得老远；没等上高中呢，就再也进不了课堂了，被圈在家里学本事，跑来跑去的，那点儿好朋友全都没攒下。等到十八岁那年，好不容易你也去了我也来了，又有了熟悉的场子和老观众，他其实是特恋家的一个人，他根本就不想走。那时候他就总跟我说，要是能在茶馆说一辈子相声也挺好，养活自己肯定是没问题。你说我俩北上吧，是，也学到了更多能耐，眼下看来也是有了些成绩，可又把他跟原来的生活圈子割开了。我就总觉得他风风光光的，但是并不快乐，二十出头的人，满心的烦事，这样不好。”

陈妙叹了口气：“他有他的问题，我有我的问题。只能说，我其实也并不是个负心的人。”

窦园摇头：“你还得再说点儿，你这几句话，可不够我一顿饺子的。”

“我再说点儿，你也得再说点儿。”

“说就说，”窦园看了看她，“赵兟这人温和，但是有时候很固执。他好像只是想要一个什么答复，你可千万别在这上面拖着他，该说的就说了吧。这个东西他要得不到，他肯定会一直一直一直缠着你。”

陈妙一听这话，只觉得自己胸中萦绕着一股浊气，她都快被气笑了：“欸，不是！他怎么说话不算话啊！上次明明说不缠我了的，说好的从我的全世界路过呢？”

“他昨天刚刚给我打完深夜电话，又喝多了，说不甘心。我一想我这当哥哥的，能帮他干点什么呢？也就请你吃吃饭，套套话。结果今儿还下大雪，去哪儿都不方便。”

陈妙垂着眼：“这馅儿也是他告诉你的？”

窦园笑了笑：“本来不想说的，感觉说出来显得他也太惨了。你琢磨琢磨是不是？”

陈妙何尝不想跟赵asdf好好说说话呢？只是她有心结。

她所惧怕的并不是和赵asdf面对面，她一直以来不肯面对的，都是那个可能并不那么让人满意的，真实的自己。

人的一生，见他人，见天地，唯独难得见自己。

陈妙当年孤注一掷，搏到的结果，却只是不好不坏。

那天窦园送她出门的时候，说的最后一句话始终印在她脑子里。

他说：“就算是你想得悲观，觉得不能彼此耽误，也要给他一个结局吧。”

没有结局的感情，会耽误一个人一辈子。

陈妙再出门的时候，外面依然飘飘洒洒地下着大雪，她觉得这雪很愤怒。

她跟刘焕然两人玩心都重，再加上都是生活没什么压力的单身女青年，所以一起在离训练中心大概二十分钟车程的一个小区里，租了个房子，两室一厅一厨一卫。

陈妙觉得，自己现在挺需要这么个空地来想事的。

她和窦园连吃带唠的，这会儿已经是下午四点多，天刚刚开始有点黑。

陈妙也不想等车，就一个人在雪里慢慢地走。走了大概十分钟，忽然听到后面有车笛响，她回头，那人摇下车窗，是冯冠今。

陈妙把他带回了家，又忙着给他倒水找吃的。

冯冠今坐在沙发上，说："不用忙了，咱们聊会儿就行。"

"那不行，水还是要喝一口的。"说罢陈妙又去厨房忙活半天，可愣是找不到电水壶的插线，她露出半拉脑袋问冯冠今，"瓶装水行吗，师兄？"

"你就过来坐吧，来吧来吧。"

"好嘞，师兄。"陈妙十分激动，走过去坐在冯冠今对面，"师兄最近在国外打得真是风生水起！我跟刘焕然经常听到你的消息！"

冯冠今笑了笑："也不敢太出头，怕挨骂。你说也是巧了，我也是刚回来，刚刚跟朋友借了车，本来是要去找个饭馆吃口饭的，没承想在路上就碰见你了。我就看前面有一个细长条，穿件白羽绒服的姑娘，看那个走路姿势我就觉得是你。"

陈妙掏出手机："师兄还没吃饭啊，我这就给您点一个外卖！"

"外卖就不用了。"

“那我不会做饭啊！”

“咱出去吃也行。”

“这……我这才刚吃完呢。”

“陪我坐会儿，总行吧？是不是陈妙腕儿大了，我请不动了？”

她张张嘴：“呃，我就是好奇那为什么还要上楼来我家，多费劲。”

“这不是好奇你住哪儿呗，所以就上来看看，方便我下次来做客。你欢迎我不？”

陈妙笑着推他一把：“冯冠今你现在真的越来越油嘴滑舌了。”

明明刚才还情绪十分低迷，这回就笑逐颜开了。

赵毻是谁？

不认得。

她反正是要去跟童年偶像吃饭了。

陈妙一路傻乐，冯冠今让她挑个地儿，最后两人去吃了川菜。饭馆里，她端着一碗米饭，嘴上说着不吃不吃，可其实吃得一点儿都不比冯冠今少。

冯冠今拎着筷子：“陈妙你现在真的长进了，我记得你以前见到我都不太敢说话，一说话那脸就红得跟什么似的。”

“那时候还是岁数小。”

“我听说前一阵子你把木村早苗打掉了？”

“是啊！”陈妙满脸骄傲，“我棒吧！她这几年风头多盛啊！不过紧接着下一轮我就被零比四干掉了。那场比赛跟做梦似的，状态一点也不好。”

“你还有潜力。”

陈妙夹了一筷子鱼：“我还有啥潜力了。真的，我现在想开了，能到顶上去的也就那么几个人，反正肯定没有我，我还不如放平心态，当一条咸鱼。”

冯冠今摇摇头：“这就是你最大的问题，还当咸鱼？美得你。”

“师兄这次回来干吗的？”

“回来办点手续，不麻烦。主要就是走走亲戚，串串门。”

“噢，在这边过年吗？”

“过。而且年后可能还要留下一阵子，不过到时候再说吧。”

陈妙皱着眉头：“你一点儿也不见老，你吃什么了？”

冯冠今给她夹了口菜：“你这话题怎么转得那么快呢，不要再展示奇怪的脑回路了，赶紧吃，吃完送你回家。”

“你是不是有事要忙？”

“就是困了，时差没倒过来。”

陈妙点点头，飞速扒着饭。

冯冠今看她那样，不由得笑了起来。

等再送她回到家里，已经是深夜了。雪停了，风也不刮了，四下里很安静，路也好开很多，车一开起来，暖呼呼的，陈妙吹着暖风，歪在副驾驶上睡着了。

等红灯的时候，冯冠今看着她，忽然伸手去刮了一下她的鼻子。

“就送你到楼下了。”

晕晕乎乎地下了车，冷风一吹陈妙就醒了，她摆摆手：“谢谢师兄请我吃饭，冯冠今拜拜！”

“你这又是师兄又是冯冠今的，听得我好别扭，就冯冠今吧。”

“冯冠今拜拜！”

冯冠今张开手臂，挑着眉毛说：“咱要不，礼节性地抱一下？”

“行！”陈妙凑过去，很用力地抱了一下冯冠今，又飞速撤回，满脸傻笑。

冯冠今低头笑了笑：“行行行，就这样吧，我走了。”

“拜拜，冯冠今！”

陈妙被冷风一吹，不光不困了，还觉得身上特热，她决定去买根冰棍儿。正在小区楼下超市的冰柜前弯腰够一小盒八喜的时候，手机响了，她掏出来一看，是赵兟。

她是不太想接的。

接了，她怕赵兟又骂她；不接，这么晚了，她又怕赵兟是有什么事。

他俩很久很久都没联系，这忽然打了一个电话，还真挺让人心惊胆战。

陈妙默默地想：为什么我今天无论是碰见的人还是遇见的事，都是小概率事件呢？这人都跟石头缝里蹦出来的似的，一个比一个古早。

最后，她还是接了。

赵兟那边好大的动静儿："陈妙，我被关在你家电梯里了！22层！你抓紧找人来修！"

"你你你……你来我家了？"

"嗯。"

"为什么电梯里会有信号啊？"

"我贴着门缝打的。"

"你没卡是怎么摁电梯的？"她又转念一想，这小区这方面确实可以不用卡的，于是又问，"电梯怎么坏了呢？"

赵兟顿了顿，才说："停电。挺黑的，什么都看不清。"

陈妙心里"咯噔"一下，八喜都来不及拿，就跑出了超市。

第五章

你的怀抱，能融化我一身的不安

陈妙急匆匆跑到物业处找修理师傅。

保安小哥了解了情况后，安抚道："你等等，走廊和电梯的灯走的是一条线，你等修理师傅到了再一起上去，要不多黑啊。"

她扔下一句"不怕黑"就一溜烟儿跑没影了，然后颠儿颠儿地跑了二十多层，跑到十几层的时候羽绒服就基本穿不住了，太热，只能脱了外衣，抱在怀里，继续往上跑。

陈妙体能虽然好，但跑得太急，到了 22 层的时候，她只觉得自己这肺都要炸了，拄着腿喘了好一会儿才喘匀了气。她走过去敲电梯门，又给赵甝拨了电话："你是在左边电梯，还是右边电梯？"

"左边。"

听到回答，她又去敲敲左边的电梯门："我到了。"

"噢，你到了。"赵甝的声音似乎放松了一些。

陈妙坐在地上，歪着头看走廊的窗户，那里投进来一束月光。

“修电梯的呢？就你一个？”

“我这不是，呃……”陈妙一时语塞，“还不都怪你！一大老爷们儿，还怕黑。”

赵犹争辩道：“我不是怕黑，我是夜盲好吗？你看不见的时候不会觉得很没安全感吗？”

陈妙想起他俩小时候，也就十二三岁吧，赵犹来她家写作业，那天她爸不在家，没人能送赵犹回去，赵犹自己也不想走，所以也不想给家长打电话。他就往陈妙家沙发上一歪：“怕黑，走不动。外面太可怕了，都没灯，我不走。我跟我妈说今天在师爷家住了。”

陈妙一愣：“我爸什么时候答应的？”话虽然是这么说，但还是给赵犹铺了床拿了被子，让他睡她爸那屋。

陈妙是沾枕头就睡着的类型，马上要睡着了，就听见赵犹在那屋招呼她：“陈妙，你睡了吗？”

“睡了。”

“你骗人，人睡着了才不会说话。师爷这屋也太黑了，我睡不着。你给我安排个地铺吧，咱俩住一个屋。”

“你烦不烦？”

“可是我真的害怕。”

陈妙怒气冲冲——怒气冲冲地给他在自己房间的地上铺好了新的褥子和被窝。

“自己拿枕头滚过来。”

赵兟躺到了这屋地上，却还不罢休：“我能抓着你的手睡吗？”

“我建议你不如直接上来跟我睡。”

“可以吗？”

“可以你个大头鬼！”

赵兟可怜极了：“新环境我真住不惯，抓着你我能觉得安全点儿。”

这会儿陈妙实在是困了，她从被子里伸出一条胳膊递过去：“闭嘴啊，不许说话了，我困得要死了。”

赵兟点了点头，转念一想她也看不见，就伸出手，轻轻抓住了她的指尖儿。

陈妙思绪放空，怎么又想起了过去的事儿了呢。她完全没听赵兟在那边儿叨叨什么，劈头盖脸就来了一句：“赵兟你好像，从小就挺精的，总是借各种机会把自己搞得惨兮兮的，你就是吃准了我心软是吧。”

“啊？你的意思是我想停电的？”

“谁知道电闸是不是你拉的。”陈妙脸上带着笑，语气却还是很严肃。

“不，不是，我说，欸……”赵兟气得语无伦次，“你你你……”

“我劝你组织一下语言再开口。”

“刚才那男的是谁？”

“哪有男的？”陈妙一头雾水。

“就你在楼下抱的那个，你俩还一起上楼了。”

陈妙的下巴都要惊掉了：“你到底是从几点开始跟踪我的？”

“不重要。他是谁？”赵兟犯了轴，他本是乖乖听窦园的话，过来跟着她，想找个合适的时机坐下来跟她好好聊聊的。只是跟到半路陈妙就上了辆车，然后又上楼，上楼又下楼，还出去吃了个饭。

赵兟吧唧吧唧嘴，他还没吃饭呢，不过气也气饱了。

趁着外面的他的姑娘还愣着，赵兟补了一句：“你始乱终弃。”

陈妙气得翻白眼：“你真不认得那人？是冯冠今啊！他换个发型你就认不出了？”

“你还是跟他搅到一起了，我就不该来的。”

“算了，等你出来我再跟你说吧。”

“有什么话你现在就说吧，门开了，我也就走了。”

“好，那就现在说。”

陈妙脑袋靠着墙，声音干涩：“对不起。这几年我不该躲着你，但我也确实有苦衷。看你发展得还不错，我也确实不想再跟你纠缠了，只是话还要说明白。”她叹气，“咱俩始终不是一条路上的人。那天我说的虽然有气话，可大部分都还是真的。你有家，有父母，有一整个家族的力量去支持帮助你，你这样的人是可以选择过平凡的生活的。”

接到父亲车祸去世消息的时候，陈妙整个人陷入了一种前所未有的恐慌中。

她无依无靠了。

她知道父亲是很希望她能做出一些成绩的，只是偶尔也摸着她的脑袋说："你要真能跟赵家那小子成了，倒也不错。自己有手艺，能过活，又有丈夫可以依靠，我还挺放心。"

赵CTRL可以选择平凡。

陈妙却只能被平凡选择。

单论天赋的话，她甚至要比冯冠今更适合打球。只是她怠惰，又想不清未来的路，所以总是什么事都不放在心上。

这本是再正常不过的少年人的状态。

只是当一个人，连最后能抓住的稻草都没有了，这正常的状态，就会变成一把又一把扎在她心头上的刀子。

不够努力是错，大大咧咧是错，在这样早的年纪就妄想和一个人走一辈子也是错。

没记住逝去亲人的每个细节是错，贪玩是错，不求上进也是错。

陈妙总能梦见自己的爸爸。

梦里她爸的身体特好，夏天从楼下扛着两个西瓜走上来，边走边喊："闺女给我开门！"然后两刀下去，西瓜裂成四半，风扇"吱呀吱呀"地响。

她抱着那半个西瓜，吃到嘴里都是苦的。

“多吃饭，好好休息，注意身体。你妈那边儿，你愿意去就去去，不愿意去……唉，你说你不愿意去，可我放心不下你啊。”她爸絮絮叨叨地说着很多话，其实在世的时候他从来没这样。

梦里的光线总是昏黄，像是夏日的傍晚。邻居家在放《渔光曲》，她爸吃着吃着就睡着了，陈妙就开始低低地啜泣。

“潮水升，浪花涌，渔船儿飘飘各西东。轻撒网，紧拉绳，烟雾里辛苦等鱼踪。”

乐声缥缥缈缈。

歌快放完了，她爸也醒了：“闺女，我单位还有点事，我回去一趟。”

陈妙只能笑着说：“去吧，爸，记得多回来看看我。我真的……挺想您的。”

……

隔着电梯厚厚的门板，陈妙轻轻地讲起这个梦。

“我可能，人生中所有的好事都发生在夏天。我第一次去训练被省队选中，第一次参加全国比赛得到名次，包括十八岁那年，也是一个夏天，我又去见你。所以我爸明明是冬天去世的，我却总梦见夏天我俩在家时的情景。”

赵兟说不出话，只能静静地听。

“我有时候就真的觉得，挺荒唐的。既对不起你，又对不起我爸，辜负了你们所有人的期待。但我也真的知道，我这辈子很难成为最顶尖的那部分人了，我尽力了。当时，你们家要接我过去生活，我真的是动了心的，只是后来我听你爸说，你跟家里闹翻了。你家和窦园他们家都挺希望你俩再往外走走的，可是你说什么就是不肯动，因为我。你知道我当时什么感觉吗？我觉得我无论如何是不能再见你了。别的不说，我不能让你因为我也没有家人和朋友。”

陈妙伸手摸了摸冰凉的电梯门，却像是能碰到赵烑的呼吸。

“我喜欢的人得是太阳，他要站在舞台中央，散发光芒。”

电话里只剩下二人喘气的声音。

修电梯的师傅来了，他叮叮当当地作业着，陈妙压着嗓子说：“这就是你想要的那句真话。”

赵烑好久好久没说话，最后干脆挂断了电话。

陈妙站起来，到走廊的窗边去看月亮，那轮月亮又大又圆，好像离她很近，又好像离她很远。

修理师傅把电梯门撬开了一道口子，赵烑很费力地从里面钻了出来。

“陈妙。”他站在电梯门口叫她，“来都来了，请我喝杯水总有的吧？”

再睁开眼的时候，已经是第二天的上午十点了，陈妙头痛欲裂，一翻身，胳膊却打到了人，揉揉眼睛一看，是赵烑。

她把赵兟打醒了。

赵兟也转过来，跟她大眼瞪小眼。

“你为什么在我家？”

“你喝断片了？”

“咱俩还喝酒了？”

赵兟沉重地点点头：“你不光喝了，还吐了，我收拾到半夜三点多钟。”

陈妙使劲晃晃脑袋，冰箱里确实有不少的啤酒，都是刘焕然买的。她低头看看自己，嗯，还行，穿着衣服，没酒后乱性。

欸？不对啊，这不是昨儿那件！

陈妙看着赵兟，满脸惊恐。

“你这么看我干吗？刚刚不说了吗，你吐了，吐了一身一地的，我不给你换衣服，你总不能就这么睡吧？”

陈妙往客厅里瞥一眼，晾衣架上正晾着她昨天穿的那件毛衫。

赵兟转过身去，打了个哈欠：“我可得再睡会儿，我还没睡够呢。你那衣服，我一看洗标，还得手洗，真是麻烦死了。”

陈妙摸摸脸，闻到了熟悉的保湿霜的味道，嘴里也有牙膏味儿。

嚯，赵兟这活做得够细的，不过……

“你为什么非得跟我睡一张床？”

她压到侧躺着的赵兟身上：“沙发不睡，刘焕然那屋你也不睡，非得跟我睡一张床？你是不是趁机占我便宜了？”

赵铣闭着眼皱着眉头：“你有什么便宜好占啊！细胳膊细腿要什么没什么。”

陈妙不知道自己昨天进了家门之后，到底跟他说了什么，只是觉得眼下心里有说不出的畅快，像是所有的误会和恩怨都在昨日死去，今天的他俩，都是全新的。

她伸手去碰赵铣的睫毛，碰他眼下浓浓的黑眼圈，碰完又缩回去躺好，嘟嘟囔囔：“那还能是我留你不成？”

“确实啊，你拉着我不让我走，我说你先睡，我把衣服洗完就过去陪你，你就是不干。”

“呵，话都被你说了，反正我都忘了，你就瞎编吧。”

赵铣这会儿也来劲了：“我还真不是瞎编。”他坐起来，陈妙这才发现他穿着自己最大的那件短袖家居服。赵铣摸过床头的手机，找出一段视频来，递给她。

画面里陈妙从后面搂着赵铣，声音娇娇软软：“别洗了，睡觉去吧。”

赵铣满手泡沫，还在搓着衣服：“你睡去吧，我也马上洗完了。”

她从他胳膊那儿露个脑袋出来，小脸红扑扑地笑：“那我就等你一下。你暖乎乎的，真好抱。”说着还蹭了蹭他的胳膊。

赵铣打掉她伸到他衣服里的一只手：“老实点儿，别乱摸。”

陈妙好大不乐意地哼唧道：“你以前不是这样的，你以前很宠我的，我摸哪里都可以的。”

从视频上可以清清楚楚地看到赵兟脸一下子就红了起来，见他不说话，陈妙就心安理得地把手放到了他肚子上。

“你累不累？”她又问。

“废话，谁大半夜的不睡觉，跑过来给人家收拾屋子、擦地、洗衣服，能不累？”

“累就不要干了。”她抱得更紧一点儿了，“明天再做。”

赵兟倒是挺坚定：“你离我胳膊远点儿，我有点儿使不上劲，去我后背趴着。”

陈妙个儿不算矮，站好了也能挨到赵兟的脖颈。她不知道哪根弦搭错了，上去就咬了他一口，但是看来下嘴并不很重。她就这么，“叼”着赵兟，迷迷瞪瞪地睡着了。

视频到这儿就结束了。

陈妙满脸否认：“赵兟你是不是给我下什么药了？”

“你就不能把我想得好点儿？我这么磊落的人，还给你下药？明明是你自己不能喝，还强挺，还说胡话。”

“我说什么了？”

“你说今天要跟我去民政局领证。”赵兟说到这儿也笑起来，“我说我户口本哪能随身带着啊，你不听，坐地上就哭。”

陈妙信了，这是自己能干出来的事。这一刻她特想告诉刘焕然一条恋爱心经，那就是千万不要找酒量跟你相差太多的男人。

醉得太早，醒过来还断片。

人家清清醒醒，什么都知道了。

她把脑袋埋在枕头里，不想面对现实："一世英名，毁于你手。"

赵毪这会儿也睡不着了，干脆就抚着她的后背问："你说话还算不算数了？"

"我也没带户口本。"

"不是，你昨天还说你爱我。"

"一大清早的，提什么情啊爱啊的，不健康，不要提了。"

"口是心非。"赵毪拍了她一下，"不喜欢我，那我走了？"

陈妙去抓他的手，两个人手都暖融融的。她说："别走啊，至少给我做顿饭呗。"

赵毪无语，最后他在厨房折腾了一会儿，实在没什么菜，最后还是决定点个外卖。

陈妙呢，她窝在客厅的懒人沙发里晒太阳，戴了个悲伤蛙的眼罩，眼睛一闭一睁，半个小时就过去了。

她觉得特别奇怪，明明跟赵毪分开也好几年了，可对他还是那么熟悉，就好像是一直都在身边的老朋友，昨天刚见过，今天又要见。

挺奇妙，却又莫名地觉得十分安全。

赵毪穿着条秋裤，套着半袖，忙里忙外地帮她收拾屋子，侍弄花草，一刻不闲，偶尔路过她面前，她就大喊着“别挡光”。

“你这到底是睡觉呢，还是晒太阳呢？”

“晒着太阳睡觉不行啊？”

赵斍撇撇嘴，没理她，拿了一把剪刀去剪花枝上的黄叶了。收拾完后又路过陈妙，这回就没打算放过她了，过去亲了她一口。

“你干吗？”

“拿点报酬呗。你也是个有身份的人儿，不能赖账。”说完，他就笑着跑远了，陈妙也懒得追他，反而觉得他挺甜的。

甜甜的，很可爱。

吃完了饭，拾掇完了家里，陈妙躺在沙发上开始放空。赵斍把摇椅拖过来，坐在她身边摇来摇去。

电视上在播一部很古老的电视剧。

陈妙用脚戳戳他：“你说这男的，到底爱不爱这女的？”

“这里还有女的呢？我是不是错过了啥？”

“有，一个戴面纱的。”

赵斍正低头看手机，陈妙气鼓鼓地踹他：“专心点！”

“我就是琢磨你这儿缺点儿东西，上网给你找找。”

“缺什么？”

“几乎可以说是，什么都没有。”

“不用，”她大手一挥，“我平时都住宿舍，这儿我跟刘焕然都不太经常回来。”

赵兟没抬头，继续刷着手机：“那是以前，我不在。你现在不得多陪陪男朋友？”

陈妙瞪大了眼睛：“你胡说什么！我明明还是个单身女性！你这样单方面宣布，我是不会承认的！”

赵兟转过来，捏着她的脚踝：“那，当我女朋友好不好？”

陈妙想了想，妥协了：“好。”

“那你是不是要多陪陪我？”

“是。”

“那我买了？”

“买吧。”

赵兟还在挑东西，倒是陈妙先绷不住，笑了起来，紧接着赵兟也笑，笑得眉眼弯弯，如一轮新月。

自此，陈妙过上了白天回训练中心训练，晚上逃寝回家，跟赵兟吃饭的日子。

你在身边，再平淡的日子也变得有期待了起来。

有天在饭桌上，两人吃着吃着陈妙忽然提起：“你最近都没事的吗？”

“你听听我这嗓子。”赵兟搁下筷子，说了几句。

“感冒了？”

“特意的。窦园老哥哥才不在乎这仨瓜俩枣的，我俩就把最近一周的演出都推了。不过也就能挺一周，之后还是该工作就得工作，要不怎么养你，是吧？”赵憢挤眉弄眼的。

陈妙放下筷子一拱手：“那就谢过男朋友大恩大德了！”

赵憢还礼：“女朋友不必与某家这般见外！都是一双腿上的袜子。”

说完两人又哈哈大笑起来，最惬意的日子也不过如此吧。

赵憢吃得快，吃完就坐到一边剪指甲去了。陈妙在收拾碗筷，正好瞥见了他的指甲刀：“哟，挺特别。”

“特别吧，我粉丝送的。”赵憢的小模样有点骄傲。白天他回了趟家，拿了些生活用品来，毕竟已经打定主意要多和自个儿的女朋友“培养感情”了，这第一步当然就是得让她习惯和自己一起生活。

陈妙没有回话，她去洗手间正好又看见了赵憢的毛巾。

毛巾本身是条普通的毛巾，但上面写的字很不一般，先映入眼帘的是个硕大的“奖”字，周围围着一圈金色小字——“全宇宙最甜捧哏大赛金奖组第一”。

赵憢飘过来：“羡慕吧！我粉丝送的。”

陈妙扫了他一眼，忽然想起刚才洗碗的时候洗到一个很特别的勺子，于是又回去看，果然勺子把上刻着“小赵爷一点儿都不菜”。

“有趣吧！我粉丝送的。”赵憢又飘过来。

陈妙“呵”了一声：“你粉丝这个审美，还真跟你挺像。”

“贵的我也不收啊，小来小去的，你瞧瞧多好玩。话说你这几年追星吗？你喜欢谁啊？”

“我也忙，没什么空。”陈妙接了杯水，赵兟就跟在她身后晃，“演唱会倒是也看过几场，不过都是跟着刘焕然去的。”

赵兟顺手给她杯子里加了一把红糖：“你知道我收过的最有意思的礼物是什么吗？我和窦园有一次收了整整二十个蒂芙尼的那种手提袋，里面各种盒儿，是藏在一个特别大的零食箱子里，我俩谁都没注意，就给抱回来了。我跟窦园发现的时候，吓得手都在抖，甚至想要发微博找到这位金主给她把东西退回去。”

“为什么？”

“太贵了，受不起，我俩不收一百块以上的东西。后来回了窦园家，就坐在地上拆，发现每个盒子里都是方便面调料包，各种口味都有。真的，当时我看看他，他看看我，就差相拥而泣了。这要是真是蒂芙尼的东西，还这么多，我俩至少半年白演，怎么也得给人家把钱退回去。”

陈妙端着茶杯，“扑哧”一声笑了出来：“你知道那人是谁吗？就是费这么大心吓唬你俩那个。”

赵兟眼睛一转：“不会是……”

陈妙放好杯子，逃得远远的：“大哥别打我！我当年不懂事！”

说话间赵兟就已经杀到她身前，屈着手指弹她的脑瓜嘣。陈妙躲，赵兟就乘胜追击，两人扭打在沙发上，她笑得喘不过气来，又被赵兟钳住双手，于是只能连声告饶。

赵兟把她手举过头顶，又压着她腿："说，还背着我干什么了？"

"有一次坐前排，我自己带了个喷壶，给前面的花篮掸水。"

赵兟一个没绷住就笑了出来，但还是得装正经："还有呢？"

"好像还偷吃过丁萌做的小饼干，我骗她说我是赵兟的后妈，我们家兟兟不喜欢吃这个。"

赵兟掐住她的腰，坏笑着问："好吃吗？你给我吐出来。"

"不好吃，"陈妙一口咬定，"也就我能吃惯，二位少爷铁定是不行。"

"还有呢？"

陈妙想了想，不笑了，昏黄的钓鱼灯的灯光把她白白净净的一张脸染成了一张熟宣纸，她抿了抿嘴："还听过……《照花台》。"

空气一下子安静了下来，赵兟轻轻卧在陈妙旁边，也不再抓她的手，而是环住了她的肩膀，像一只树袋熊。

"我爸要知道你这么唱啊，肯定托梦打你。"

赵兟隔着衣料，向陈妙的肩头吹热气，他说："那你就不要告诉师爷嘛，他就不会知道了。"

"行，我不告诉他。"

"拉钩？"

"拉钩。"

赵燚伸出小拇指，陈妙也伸出小拇指，跟他拉在一起。

“我白天不在的时候，你都在家干吗呀？”陈妙娇娇地问道。

“买菜做饭，收拾屋子，等你回来。”

“感觉像是被我包养了似的，金屋藏娇。”

赵燚忽然支起下巴，侧着身子问她：“你对以后的日子有什么规划吗？”

陈妙一捂脸，有点不好意思了：“这问题跟小学生问的似的，我拒绝回答。”

“别别别啊，说说，说说。”

“我可能很久很久之后啊，就几十岁的时候，我会想有个小院子，院子里有棵大树，夏天我就在树下躺着，纳凉。然后养只橘猫，胖胖的，偶尔从立柜上发射下来能把我胸骨踩折的那种。家附近最好有个菜市场，热热闹闹的，这样就不会很孤独。我想想啊，那时候我应该会是一个乒乓球教练，少年儿童队的那种，清闲，不忙，每天就跟家长们纠缠‘不是我说！你的孩子是真的不适合练这个’‘这个孩子回去看紧！他就是下一个世界冠军’。”

赵燚戳戳她的脸：“我呢？”

“你不在这儿呢？”

“不是，你这未来的规划里怎么没我啊？你快把我加进去。”

陈妙捏着赵燚的下巴：“你啊，我想想给你加在哪儿啊。有了，有这么一天下班啊，我正拎着菜往家走，走到一个茶馆门口，忽然碰见一个老头，站那儿打快板，招生意。我心说，这老头也太惨了，我过去看看，不看不要紧，原来是窦园。”

赵兟捉住她摸自己下巴的手：“我呢？我要听我。”

“别急啊。我一看，原来不是一个老头，是两个老头。快板老头旁边还有一个背着大玻璃丝袋子，拿着铁钩子的老头。我再一看，天哪，这不就是我的前男友赵兟吗！他为什么在捡破烂？”

赵兟不干了，抓着她手腕说：“再胡说八道，把你这吃饭的家伙什儿捏碎。”

陈妙翻着白眼嘀咕着：“我吃饭的家伙什儿明明是嘴。”

赵兟觉得她在疯狂暗示，他既然接到了这暗示，就不能不行动，犹豫了两秒就低下头去吻她，她唇齿间还残留着甜甜的橘子味道。他终于又离她很近，近到肌肤相触，呼出的气先是弹到对方脸上，然后才会弥散在空中。

赵兟怕黑，他有很多不美好的记忆都跟黑色相连，他这辈子最想要的无非就是安全感。

小时候的他，只需要陈妙在他身边站着，就很有安全感。

十八岁时的他，只需要她一个暖融融的怀抱，就能融化他一身的不安。

现在的他，只想把这个距离拉近，再拉近。

他贪恋她脸上致密的纹路，沉醉于她偶尔紊乱的气息，就连她说话时声带偶尔的颤动，他都想独自占有，让这波纹只能在他的心湖荡漾。

他又想起小时候的一篇日记。

那时候的他偷偷写下了，偷偷看了又看，又生怕被家长发现，于是只能把这页撕成碎碎的纸花。这是他和自己的秘密。

赵兟附在陈妙耳边说："我有个秘密告诉你。"

那个吻的余韵还在，陈妙还有点儿愣愣的。

"种种迹象表明，我确实很喜欢陈妙，或者说我很爱她。"赵兟低声说，"这话可是九岁的赵兟让我转告你的。所以你真忍心让他在你的未来里捡破烂？"

"要不你自己安排个角色？"

"那我可就说了啊。"

"但说无妨。"

赵兟闭着眼睛，话音里满满的都是笑意。

"夏天的时候你纳凉，我就在旁边给你摇扇子；猫还没来得及发射，就会被从柜子上捉下来带走，我这么碎的嘴，应该还会跟它说，我们不要打扰奶奶睡觉；有菜市场，咱们就一起去逛，回来我做菜，现在我水平虽然一般啦，但是我也会进步的嘛；你上班，我就在家给晚生们说活儿，我估摸我到时候怎么也能有一老艺术家的名头。最好有几个好孩子，干什么工作他们就随意吧，我这苦吃得够多了，应该不会强迫他们继续搞曲艺，跟着你打乒乓球倒也挺好。欸，你是睡了吗？”

陈妙闭着眼睛：“没，我就闭着眼睛想想，一不小心想远了。”

“得，全白说了。”

“没有没有，我听了我听了，真的。”

“真的？”

“真的。”

“信你一回？”

“信我一回。”陈妙笑着去搂他脖子，“再信我一回。”

第六章

明年也会好好爱你

“你猜我这饭，能不能吃到嘴里？”

陈妙左胳膊垂着，动也不敢动，歪着膀子，一肩高一肩低，用右手拿着筷子夹着菜。

非常费劲。

因为她是个左撇子。

最近一个不小心，训练过度，她左肩的伤又犯了，目前还在复健过程中。

从小到大，陈妙从没觉得自己的右手这么重要过。

刘焕然感慨万千：“我以后要有了孩子，就算是左撇子，我也得训练他在日常生活里常用右手。你这可太遭罪了。”夹了三四次，一块熘肉片都跟她擦筷而过。

陈妙觉得自己就像是宫斗剧里特不得宠的皇后，她悠悠感叹：“算了，我不争了。”说完俯下身来，嘴凑近碗边，刺溜刺溜地喝着粥，十分快乐。

刘焕然喂她一口角瓜："赵毓又出去演出了吧？你最近住哪儿？回寝吗？"

"回。你看我都这样了，我要再独自生活，那可真就是钢铁女侠了，也得给你一个伺候我的机会不是？"她挤眉弄眼的。

刘焕然撇撇嘴："瞧你那傻样儿。"说着，又给她喂了一口角瓜。

"别光喂角瓜啊，我想吃肉。"

"都胖成什么样儿了，还肉肉肉的。"

"胖很多？"

"很多。"

陈妙垂头丧气的："想赵毓了，他就从来都不拦着我吃肉。"

这话一出，刘焕然没好气地撂了筷子："得，你就让他伺候去吧。"

说赵毓，赵毓到，虽然晚了几个小时。

他给陈妙打电话的时候，还差二十分钟关宿舍门。陈妙穿着厚睡衣，裹着羽绒服和雪地靴就不管不顾地跑了下来，只露一个脑袋在外面。她喘口气就是一阵白雾，搞得整个人烟雾缭绕，仿佛刚从锅里拿出来。

陈妙眼睛一亮，上前用右手捶了赵毓一下："我还以为你骗我呢！你怎么回来的啊？你白天不还在大南边儿吗？这坐高铁都得好几个小时呢！"

"演完我就回来了呗。"赵毓把她搂在怀里，小心地避着她左肩，

“还疼不疼了？”

“能不疼吗，我这边胳膊都抬不起来。”陈妙委屈巴巴的，“我现在就是个玻璃做的，碰碰就碎，一点都禁不住摔打。”

“嗨，你一个女孩子，要那么经摔打干吗？”赵犹还跟十几岁的时候一样，简单说几句就要进入他心里的那个正题，“你能不能借着这个就退役了啊？”

“退役了我干吗去？趁着我还年轻，再让我蹦跶几年。这事你不许再提了啊，再提我生气了啊！”

“行行行，不说不说不说了。”赵犹呼噜呼噜陈妙脑袋上的毛儿，“唉，可心疼死我了。”

陈妙往他怀里钻了钻，赵犹身上有一股奇怪的焦糖香，她仔细嗅了嗅：“你又偷吃什么了？”

“天地良心啊。”赵犹边举手发誓道，边从兜里掏出一个小牛皮纸袋。

陈妙打开一看，满满一兜都是嗑好的瓜子仁。

赵犹一拍胸脯：“来的路上嗑的。我嗑瓜子可干净了，放心吃。我也待不了太久，说走就得走了，你照顾好自己，我明儿还回来看你。”

陈妙拉住他胳膊：“明天别来了。”

“怎么了？”

“我现在一听说谁长途折腾，火车汽车的，我心里就难过。我爸的事过去也才几年，一时半会儿还缓不过来。你倒不如把车票钱给我，让我自己买点好吃的。”

“我这不惦记你嘛。”

好说歹说，赵既终于听了劝，决定暂时不两头通勤了。

管宿舍的阿姨招呼道：“三楼的，回来了，关门了。”

赵既握着她手：“回去吧，明天我给你打电话。”

陈妙一步三回头，踩着厚厚的积雪，回了宿舍。

到了屋里她又走到窗口去看，果然赵既还在楼下，正伸着胳膊跟她打招呼。

刘焕然也走了过来，本来想说几句话被陈妙抢了先，她努努嘴：“你瞧瞧，欸，瞧瞧赵既这男朋友当得，啧，真不错。”

刘焕然满脸写着拒绝：“我不听，我不看，我浑身散发着单身狗的清香，我要和你划清界限。”

宿舍里的暖气温度刚好，陈妙这一夜，睡得无比安稳。

由于没办法继续训练，陈妙又没地方可去。吃了早饭之后，其他队员开始训练，她就在场馆里各个大屋小屋地乱窜。

正站着研究一盆绿植，门口忽然来了人说有人找她。陈妙的肩膀使不上劲之后，走路就有点栽歪（方言：意为趔趄。），她一拐一拐地到了门口，发现是冯冠今。

“今天怎么有空来看我？”

冯冠今穿了件大衣，显得身材十分挺括。

陈妙探手去摸他身上：“你不冷吗？”

冯冠今笑了笑：“我跟你说你可别告诉别人。”他把大衣敞开一个领口，里面贴的都是暖宝宝，“我哪想到这边这么冷，但是又舍不得买羽绒服，这不就想了这一招。”

陈妙忍俊不禁：“你这么有钱，还差这仨瓜俩枣的？”

“我得留点钱啊。”

“留钱干吗？”

“请你吃点好的呗，走吧。”

“咱偷偷的？”

“偷偷的。”冯冠今比了个“偷偷溜”的手势。

陈妙笑了起来——运动员有着严格的饮食管制。想当年，她有个师兄，天天翻墙出去买炸锁骨，最后被他们总教练拎着耳朵教训：“你瞧瞧贴吧上都怎么说的！大家都说你比我都胖，比、我、都、胖！”

陈妙就快要步那位师兄的后尘了，不过她很开心，真的很开心，因为她真的很喜欢吃饭。

冯冠今这一顿确实能吃进去一件羽绒服的钱。陈妙从一进这屋开始就在想，他个老犊子，莫不是在针对自己？

这是个西餐厅。

且不说她分不清到底是左手刀右手叉，还是左手叉右手刀，就算她分清了也拿不起来啊，拿得起来也放不下啊。

陈妙皱着眉头盯着菜单，满脸忧虑。

冯冠今张了张嘴：“你想吃点什么？”

周围的气氛特别高雅，陈妙感觉自己和这里格格不入，她说：“我想吃肉。”

陈妙后悔极了，她屁股刚一沾凳子就后悔了。她后悔刚才冯冠今问她想吃什么的时候，为什么要装作善解人意地说“什么都可以，我什么都爱吃”，明明自己更爱吃麻辣烫……

但是，现在说什么都晚了。

陈妙的牛排先上的，只是它并没有多作停留，只在她眼前晃了一圈就又走了，被冯冠今拿走了。

“那个，师、师兄，这好像……”

冯冠今拿好刀叉，低着头娴熟地切起来：“知道是你的，我帮你切好，等会儿你直接叉着吃就行了。”

陈妙简直要哭了！有几个人能得到自己“爱豆”这样的服务啊！她陈妙做到了！

冯冠今切得非常认真，下巴微微收着，脸上的线条更加立体起来。他长得也很好看，只是跟赵铣、窦园他们走的是两条路。窦园略年长些，可还是能看出来是个很有元气的少年，赵铣就更不用提了。冯冠今却不，或许是因为他离家的时候岁数还不大，这些年风雨里走过来也没少经历，所以他的眉眼间总带着点儿说不清道不明的——呃，深沉。

陈妙偷偷打量着，觉得师兄就是靠谱，跟他一比，自己真就是个毛孩子。

冯冠今把盘子递回给她，袖口高高挽起，露出小臂上结实流畅的线条。

陈妙跟一般女生都不一样，她看着冯冠今好看的小臂，内心默默想着：以后我也要练成这样。

两人吃了一会儿，冯冠今慢慢地讲述他在国外的见闻。陈妙听得十分开心，不住地说以后有了机会也要去那儿看看，也要去那儿吃吃，也要去那儿玩玩。

她没跟冯冠今说她拖家带口的计划，但是心里已经默默地把赵煞算上了。

当然"有了机会"的两个先决条件：第一是她有空，第二是赵煞有空。

冯冠今忽然停顿了一下："其实你要想去，随时走都没有关系。"

"签证这么容易办？"

"不是，我是说你也可以去国外打球。"冯冠今认真起来，他看着陈妙说，"说句实话，在国内的话，你这个年龄比较尴尬，高不成低不就的。不过要是跟我走，多的不说，再打个十年应该是没有问题的，在国内你就没有这样的机会。国外的训练水平虽然不如国内，但是各项福利肯定不比国内差，这个你不用担心。”

陈妙还是愣愣的：“你这意思是说，不在国内待了？”

“也可以先去适应适应。而且最重要的一点，我也不怕你知道，就是我现在缺一个混双的搭档。”冯冠今笑了笑，“咱俩从小路子就合，你这些年拿的奖，也是双打要多于单打的。我觉得你单打可能练不出什么来，但是双打已经很有些水平了。咱俩兴许能磨一磨。”

陈妙只觉得自己晕晕乎乎的，她低头吃了口肉。

冯冠今还在等她回答。

陈妙清了清嗓子，试探性地说：“师兄你看，是这样的啊，咱俩也这么多年没在一块儿了，是不是等我恢复好了，咱先打两场试试？我这些年有的技术也变化了点儿，兴许，就没之前那么搭了呢？”

冯冠今点头：“可以。有你这句话就行，年后的联赛，咱们可以试试。”

“你是？”

“我是今年俱乐部那边请回来的外援。”冯冠今伸出手，“认识一下。”

陈妙颤抖着伸出右手：“幸会，幸会。”

晚上刘焕然回屋的时候，陈妙正蹲在地上非常别扭地吃一碗卤肉饭，看到陈妙恹恹的表情就觉得有事发生，她准备偷偷溜过去。

“欸，你别急着走啊！”陈妙撂下筷子抓住她裤腿儿，“你是不是早知道冯冠今跟咱俩一个俱乐部了？”

“知道啊。”刘焕然把包一扔，转转眼珠，“你不知道？”

“我哪知道啊！”

刘焕然掐指一算：“那天你逃会了。”

陈妙坐在地上，用求助的目光看着她，声音都变了：“你说赵兟会不会生气啊？冯冠今跟我说，想跟我打混双。看他那个意思，还就是特意为我来的。”

刘焕然满头雾水：“赵兟生什么气啊，你这是工作。”

“我也说不清，总感觉他好像又要生气了，隐隐的预感。他好像又要叨叨叨个没完了，叨叨到最后说不过我就又开始哭。”

“哟，赵角儿还有这时候呢？”

陈妙一把眼刀飞过去：“赵角儿？你这都跟哪儿学的？”

“粉丝后援会啊。我是他超话七级粉丝，可以免费领物料的那种。”

“你这么喜欢听他说相声？”

刘焕然捧着一杯水坐下：“倒也没有。但他俩确实长得赏心悦目啊，更何况其中一位帅哥还跟我室友有着多年情仇，纠缠不清。我当然要在你对他不理不睬的岁月里，为你收集信息，为你铺就鹊桥。”

陈妙可算是知道自己这些年的好些消息都是从哪儿泄露出去的了。

原来是人民群众里出了坏人。

刘焕然又劝她：“你琢磨琢磨，再怎么样，这不也是年后的事情吗？

你就先放宽心，把这个年安安稳稳地度过，然后再从长计议。说不定你跟赵兟在过年期间一个谈不拢就分手了，这都是相当有可能的事情，那你肯定就没有这个烦恼了。”

“有你这么说话的吗！”陈妙瞪了她一眼，说罢端起卤肉饭准备出去，“我去隔壁吃了，不想听你说话，不要找我。”

刘焕然说了一万句废话，但总有一句，还算是有用。

马上就要过年了。

年根儿底下，工作上的事情就渐渐没那么忙。陈妙和广大劳动人民一样，开始琢磨过年吃的菜，跟着那首老童谣的指示，按着日子和面，数着时候打扫卫生。

赵兟就不同了。

他前一阵子是天南海北地飞来飞去，忙着给一些卫视录春晚的节目，最近好不容易回了家，却又天天被钉在小园子，被赵四爷勒令要站好最后一班岗，必须坚持到封箱（一种旧俗，在相声中指的是在新年前的最后一次演出，因演出后要将各种道具装箱封存，歇班过年而得名）。

赵兟好大不乐意：“您要再这样，我可就不带陈妙回来过年了。”

赵四爷一听脸色就有点变了，但他还是得端着：“她不回来，我自己去找她。这跟你工不工作有什么关系？”

赵蹺：我可能根本就不是亲生的。

丁萌时常能搞到前排的票。

陈妙有一次也上网看了一同票价，本来是很低的价格，只是几经转手，已经贵到了让人头皮发麻的程度。她经常对丁萌说的一句话就是："大姐，你跟我透个实底，你到底是不是票贩子？"

丁萌："你才是票贩子，我就是手快好吗？"

两人今天这座位，在第二排左手边的第一张桌子那儿，说实话有点偏。

陈妙一坐下就从兜里掏出了两大袋瓜子："来来来，吃吃吃。这儿的东西卖得特贵，我上回可看见了，还不如这个瓜子香。"

丁萌抓过一把来，边嗑边问："赵蹺知道你今天来吗？"

"知道……吧？无所谓，看不见我更好，一会儿咱们还可以提前溜，去吃烤肉。"

"欸，这就对了。"

赵蹺这天按照惯例还是两场活儿：一场是在当间儿，说《打灯谜》；一场是大轴，使的是贯口活（贯口是评书、相声的说功，又称"趟子"，指将一段篇幅较长的说词节奏明快地一气道出）《论拳》。

他跟窦园在后台互相给对方系大褂的扣子，一边系一边闲唠嗑。两人收拾罢了，窦园去茶水间盯开水，赵蹺偷偷地、偷偷地冒出个脑袋看观众。

整个场子登时就炸了。

赵밋连忙缩回头来。

丁萌又嗑了一口，在一片粉丝的喧哗里，冲着台上点点下巴："知道这票为什么贵了吧？有道理的。你看看这人气旺得，他俩现在以个人名义开巡演应该是一点问题都没有，带着少三窦，再带两对名气差不多的师兄弟，就四处圈钱去呗，绝对不会有人举报他们诈骗。"

陈妙盯着台上："窦园他们家好像是给他定了什么规矩，入行不到十五年，不许自己撑那种特别大的场面。他上台到现在……我算算啊，"陈妙掰着手指头，"也差不多，大概再有个一年半载的，他们就可以出去巡演了。"

丁萌话锋一转："我记得我头一次接机的时候，特傻，我跟窦园说，窦老板，你箱子跑了。他那个箱子不是万向轮的吗，其他人都找他签名，给他送吃的之类的，就我一个人，傻乎乎地站在那儿说，窦老板你箱子跑了。"

陈妙觑了她一眼："你这个女人不一般哪，我爱了。"

赵밋探头那一下，似乎是看到了陈妙，但他近视，看不清，所以也不敢确定。他满后台地找手机，想问问陈妙她是不是真的来了。

窦园见状拦下他："你能不能有点儿深沉劲儿，一会儿上台不就知道她来没来了吗？"

赵밋撇撇嘴："我怕我看不清。"

“那你就戴着眼镜上去，看清了再摘下来呗。”

“能行吗？”

赵毓是这一代出了名的最规矩的青年相声演员。当时是曲协办一个什么活动，晚上有一个附带的演出，那天窦园有事没去，赵毓一个人，负责说开场的快板。

其他演员在后台，都三个一群五个一伙的，要不就吃东西，要不就聊天。只有赵毓一个，端着板儿在那儿一圈一圈地走，边走边默词。

有个前辈跟他爸关系挺好的，就说：“小赵过来吃一口吧。”

赵毓笑了笑，特自然地回道：“我吃过了，您吃吧。”

后来到了台上，赵毓开完了场，负责主持工作的一位老老老前辈出来才说：“也不怪人家赵家的小孩儿能成蔓儿，多规矩的好孩子呀！这孩子我可瞧了，大晌午的就去接我，到现在可是一口饭都没吃呢。其实这上台之前不吃东西也不算是个成文的规矩，但赵毓能老老实实地遵守，而且还没强求别人，这就十分难能可贵了。”

现在这规矩孩子赵毓再次发言：“是不是有点对不起观众啊？这眼镜也没什么包袱可抖，就纯粹为了看个人而已。”

“你别这么死脑瓜儿，你现在往台上一站，就是什么都不说，台下也能笑得前仰后合的。不信一会儿你就站那儿试试，肯定效果也照样好，照样能打得下一场的演员哭着求你返场。”

赵毓抿着嘴想了半天，这场景虽然挺美，但是有点不地道。

“那我一会儿就上台先道个歉吧。”

窦园翻了个白眼：那不如把手机给你算了，我何必这样多此一举呢？

到了上场，赵兟真的一上台就跟观众说了句“不好意思”，然后戴上眼镜找了找。

嗯，陈妙确实来了。

看到人后，他就摘下了眼镜，跟观众说：“不好意思诸位，给大家添麻烦了。我外甥女儿今天要来，这不得瞧瞧她坐哪儿了。”

听到这话，陈妙内心怒气翻涌，想把手里这把瓜子皮全都扔到台上。

陈妙觉得赵兟和窦园的这身蓝大褂特别好看，明明是饱和度很高明度也很高的那种蓝，穿到他俩身上却并不扎眼，反而更加温柔熨帖，显得整个人都很白净清秀，看起来很文气。

台上，赵兟停顿了一下，扭过头去对着窦园说：“哥，我忽然想来段《双锁山》。”

窦园语气不紧不慢：“你这什么意思？是想让我下去呗？兄弟，我才刚上来五分钟不到。”

台下笑成一片，有观众起哄说“来一段，来一段”。

窦园点点头：“听听群众的呼声，来一段吧，这个我就不给你捧了，我插不进去话儿。”

赵兟于是鞠躬，拿起桌子上的竹板：“就当是给你们各位赔罪了。

我就来一小段儿，就一小段儿。”说罢在台上打了一溜儿的花板，引了个“好”出来，定了定神，“陈桥兵变言宋兴，南唐北宋起了战争……”

陈妙看着台上赵兟的表演，点点头，转头对丁萌说道：“他这快板确实好。”

丁萌趁机大力“安利”自家偶像，她也压低了声音：“那是，你是不知道，相声圈说起年轻一代的演员的时候，一直有句话叫‘赵兟的快板，窦园的鼓书’，说的就是他俩一个唱快板，一个唱大鼓书，都有同龄段演员赶不上的能耐。你是没听过窦园学白派（京韵大鼓公认的基本流派），哎哟，太像了。”

“我似乎听过一点。”陈妙又开始回忆，“很早了，那时候我爸还在。窦园跟他爸爸还有他三叔，一起到我们家里来，让我爸给窦园伴奏。当时窦明明也在，我感觉他都快馋哭了，他也想跟着我爸的三弦唱大鼓。”

“你爸是？”

“他……”陈妙略略颔首，“没什么名气，就是三弦弹得还成，跟窦园他爸以前在三弦界并称‘双时’，因为两个老头名字里都带‘时’字，不过已经很久很久很久没人提了。”

丁萌拱拱手：“哟嗬，你这还是行家啊。”

陈妙摆摆手。

说好的只说一小段，可这会儿却已经到了底。赵兟打完最后一下，准备鞠躬下台，却被窦园拉住："别走啊，咱们这还要《打灯谜》啊。"

赵兟立刻接话："听说你们相声演员都脑子聪明反应快。"

第一排的老观众已经因为他突如其来的这么一句笑得掉了凳子。

窦园看看他："这是不是有点太硬山隔岭了？"

赵兟拍拍他："接，你就往下接吧，没事的，观众都宠你。"

"啊，是，我们都反应快，都聪明。快出个灯谜考考我吧。灯谜姥爷！咱们这什么啊，梗概式相声？"窦园反应过来，立马接着往下说。

那天表演结束之后赵兟和窦园还有事，不能多陪陈妙。

散场之后，赵兟抓着陈妙偷偷亲了她一口，就急匆匆地背着包走了。陈妙也跟丁萌打了个招呼没约烤肉，提前回去了。

回到宿舍一看，满地狼藉，四下里摆的都是刘焕然的东西，而刘焕然正坐在自己那个敞开着的大行李箱上打手机麻将。

"你这是要摆摊吗？"陈妙一脸嫌弃。

听到声音，刘焕然连忙放下手中的手机，招呼道："快，咱俩分分东西，我一个人肯定装不回去。"

陈妙把自己的旅行箱拽出来，坐在上面把着拉杆，来来回回地滑。

"刘焕然。"

"啊。"

"我现在面临着一件事儿。"

“你说。”

“咱们要回家的话，我其实也是一个人。而且我还不太想见我妈，她肯定也不想见我，只不过我回去了，她要不见我一面，肯定会被人说闲话。”

刘焕然头都不抬：“去我家啊。”

“赵龀叫我去他家过年。但是你也知道我这人，特别不会对付亲戚朋友，周围人一多我就紧张。他那么大一个家，我真挺捏把汗的。”陈妙托着下巴颏儿，十分犯愁。

刘焕然也停下了手里的动作，认真想起来：“我也觉得不太好。没相处多久就上门，总是莫名其妙地觉得以后要挨婆家欺负。”

“是吧。那我就跟他说，我不去他家了直接回去了吧？”

刘焕然站起来：“来来来，收拾东西。”

“好。”

第二天一大早，陈妙鼓起勇气，终于跟赵龀提了这事。赵龀简单留了留她，却还是尊重了她的想法，能听得出来他挺失落，但还是说她走的那天，他会去车站送她。

撂下电话，陈妙也挺难受，觉得自己欺负赵龀善解人意，溜人玩儿。

春运的时候，高铁站人特别多。赵龀送陈妙和刘焕然到进站口，又递给两人一人一瓶水：“你俩好好看着点儿东西，证件什么的也收好，再有就是别坐过站了，不然可就回不去了。”

刘焕然一拍胸脯："没事，你就放心吧，这不是还有我嘛，她是迷糊但我可精着呢。"

"费心费心。"他又对着陈妙说，"临走了，抱我一下吧！"

"不抱，我怕我舍不得走。"陈妙拎起箱子头也不回，"早点儿回去吧！"

结果她刚走出两步，赵赟忽然追了上来，从兜里掏出一个红丝绒的袋子给她："差点忘了，这是我爷爷给的。"

陈妙收下了，拖着行李箱和刘焕然上了车。

上车后她摆弄着那个袋子，刘焕然看出了她的想法，打算给个台阶下："要不打开瞧瞧？我也挺好奇的。"

陈妙顿了一下，接着打开一看，是个十分精美的金镯子。

虽然陈妙和她妈妈已经很久没见了，但毕竟回来了，大年三十这天她还是去妈妈家看了看，略略坐坐。还没到七点，她妈妈就说自己一会儿要出门，让她也早点回家。

陈妙说好。

街道上张灯结彩，却行人稀疏。天气不似往日那么寒冷，河流却依旧结着冰，积雪也并未融化。陈妙站在桥上看了一会儿，旁边有个大爷问她买不买烟花棒，她很爽快地掏了钱。

二人一手交钱一手交货。

陈妙抓着一把烟花棒慢慢地走回家。

家里冷冷清清的，前几天她心血来潮地买了不少“福”字回来，这次带回来贴得家里到处都是。她觉得孤独和破败在这个屋子里从未离开。她做的一切，只不过是把这份孤独擦亮。

擦亮了，也依旧是孤独。

陈妙打开电视，尽量让屋子里有点人声，又在灶上烧好开水，拿出速冻饺子，准备下锅。

水开了，“咕嘟咕嘟”地直冒泡。

她尽力劝自己，劝自己说今天跟平常没有什么区别，都是一样的普通日子，她只需要吃饭，然后睡觉，明天就会按时来的。

明天初一。

初一有什么习俗来着？

她看着锅出神，忽然觉得自己并不饿，也许连饺子都不必吃。

赵兟的微信电话就是在这个时候打进来的，还是个视频电话。

陈妙关了火，跑到客厅把电视声音调小了点，坐在沙发上，端端正正地接了起来。

赵兟那边有点吵，应该是叔叔大爷什么的都在一块儿。

他笑着问：“干吗呢？”

“刚想煮饺子呢，但是又感觉不太饿。等会儿准备看春晚。”

赵兟看看四周，凑近话筒说了一句：“想没想我？”

陈妙觉得自己眼泪都快下来了。她真的特别想赵兟，她想她认识的所有朋友，在这个所有人里，她最想赵兟。

她似乎快被这种巨大的孤独感压垮了。

她觉得有人，哪怕只有一个人，愿意坐在她身边跟她说说话，她都会十分高兴。

赵兟察觉出陈妙的情绪有点儿不对，连忙转移话题："欸欸欸，咱不说这个了，那个……我爷爷给你的镯子喜欢吗？戴着好看吗？那镯子来头可大了，由我爷爷出资，我妈亲自挑选，我爸负责把关，那个袋子都不是镯子自带的，是我在小商品批发市场精心为你选购的高级天鹅绒小袋儿，斥巨资，大概三块钱，拿回来之后也是我亲自清洗的。所以说这个镯子啊，真的相当有纪念意义。"

陈妙仰头："你可别惹我哭了，说点儿别的吧。"

"嗯，那就再换个话题。你一会儿干点什么去？"

她忽然瞥见了那一把烟花棒，吸吸鼻子，眼泪瞬间就控回去了，反而有点儿幸灾乐祸："我一会儿放烟花，哈哈哈，你那边是禁鞭吧？羡慕吧！哎呀，你别挂呀，我现在就放。"说完她套上羽绒服，拿着烟花棒，端着手机就出了门。

赵兟这边也换了个屋子："行，我就等着你放烟花给我看。"

陈妙点了一根，调转镜头。

金色的火花四溅，像一朵盛开的蒲公英，茎是茎节是节，纤弱却又十分清晰，它一闪起来，周围的景物就变得十分黯淡，只剩下一片沉沉的漆黑。

火星点亮了陈妙的脸，她脸上笑嘻嘻的："感觉像是自己手里拿了一大堆的星星。"

赵
赵㹆好像在忙什么，那边鼠标声不断。陈妙又点燃了一根，赵㹆看了她一眼，叮嘱道："别溅着手了。"

陈妙一只手举着手机，另一只手一根又一根地点起烟花棒来，她静静地看着，盯着光看，觉得浑身发暖。

这世界上还有许多值得留恋的事情。

每个人生活的意义不尽相同，有的人是为了让家人们过上更好的日子，有的人是为了实现理想，有的人可能也仅仅是为了生存，才起早贪黑地努力奋斗。既然有这么这么多的理由，陈妙就想，肯定也有人有那么一瞬间，是想要为了能看到美丽的烟花，为了能看到更盛大的烟花晚会，为了能把这"星星"捧在怀里，而期待一个又一个的节日。

在过去的许多节日里，她期盼不了亲人团聚，就期盼着能吃点儿好的，期盼不了吃点儿好的，她就盼着能看好看的节目。如今长大了，对各路节目也不感兴趣了，她就失掉了迎接节日的热情和勇气。

一个人生活的话，尤其是对她这种人来讲，首先失去的就是仪式感吧。

"陈妙，陈妙！"赵㹆在喊她。

她回过神来，重新看向手机屏幕，那边的赵兟特别开心："我也放烟花了，你看我这儿的烟花还比你的大！"

赵兟那边换了后置摄像头，画面上出现了电脑屏幕。

上面是非常非常古早的那个电脑自带的游戏——蜘蛛纸牌。

只不过赵兟已经通了关，这会儿屏幕上正在噼里啪啦地放电子烟花。那个烟花做得非常简单，也非常丑。

在这阵虚假的烟花特效声里，赵兟调回前置摄像头，他笑着，灿若艳阳："新年快乐，陈妙。新的一年，少受伤，多享福，不打比赛的时候多想想我，争取明年跟我回家过年。"

陈妙也笑起来，她说："你也新年快乐。"

"没别的了？"

"你还想听什么？"

"说点别的啊，新年祝福什么的，就那种一听就是专门给我定制的，就像我刚才说的那种。"

陈妙噙着一点笑，又低垂着眼帘，懒懒的，像只小狐狸。远方的鞭炮声响起来，她凑近话筒，轻轻地说："明年我也会好好爱你的。"

赵兟脸上忽然一红。

陈妙接着说："兟兟明年也要身体健康，赚钱啊出名啊，都不重要，但是身体一定要好起来呀。"

他眉眼舒展："我会的。"

第七章

用我的爱，来治愈你的伤

陈妙和冯冠今的首次公开合作是在春节之后。比赛之前两个人只磨合了一周，陈妙本没对这次的结果抱什么希望，只是到了比赛那日，他二人忽然如有神助，好球一个接一个地来，打得对面接连发蒙。就别说对面了，她自己都发蒙。

“这就赢了？”

她跟着冯冠今下场，冯冠今忽然转过来，抱了她一下。

全场变得沸腾起来。

今天来的观众，一半是来看球的，另外的一半里，二分之一是来看陈妙的，二分之一是来看冯冠今的。

陈妙刚一进场的时候都惊呆了。

一是她没想到自己也有混到有专业手幅的这天。陈妙连忙跟刘焕然说要她帮自己要一个，还美滋滋地说要拿回家供起来。

二是没想到冯冠今在国内也能有这么多球迷。

还都是女孩儿。

冯冠今的球技确实是他们业内公认的潇洒扎实，只是所有人都一直以为他只在国外颇有名气，万万没想到在国内也有大批的粉丝。

“要是有空，也帮我问一句，为啥冯冠今这么受欢迎啊？”陈妙补了一句。

刘焕然挥挥手：“都不用问，他长那么好看凭什么不受欢迎？我要那么好看，我也受欢迎。”

陈妙坏笑道：“那我……”

“别想了你不是因为好看，你是因为太过‘沙雕’，引起了观众的不适。”

……

陈妙感觉站姐的闪光灯都晃着她了。

刚刚的拥抱其实并不很长，也算是常规操作，她和刘焕然偶尔打赢了也会这么抱一下。所以她并没放在心上。

晚上赵轼难得没事，早早地就约了她，说要给她做好吃的。

下午四点多陈妙打完比赛，回队里洗了个澡，背着包就回家去了。到家的时候，家里静悄悄的，灶上的汤瓮咕噜噜地冒热气，她叫了一句“赵轼”，没人应。

她换了鞋，脱了外衣，推开卧室门，才发现赵轼正在床上坐着，面向着窗台。

“干吗呢你？”陈妙走过去跟他并肩坐着，然后推了推他，“怎么不说话呢？”

赵兟叹了口气，看看窗外：“二十二楼好高啊，风好大啊。”

“你这是怎么了？”

“你二人郎才女貌，多么般配，只剩我闲人一个，如此多余。”赵兟说着把手机递过来，“你俩都有CP粉了，而我，只有一只老母鸡、一锅汤和一个冰冷的阳台。”语气还特别哀怨，说完往后一仰，躺倒在床上。

陈妙拿起手机一看，果然是她和冯冠今的那张照片，而且文案还不错——

“流浪的少年，终于被那阵独属于他的美妙琴声吸引。”

她点进自己的超话。

“陈妙这种女生都有小哥哥爱了！姐姐可以妹妹一定也可以！”

“冯冠今真盘亮条顺啊，你看那肩线。我酸了。”

陈妙凑过去哄道：“哎呀，很正常的嘛，我跟刘焕然也抱啊。”

赵兟没好气地说：“你是铁做的，他是磁铁做的，一见了你就要跟你拥抱，这都两次了吧？”

陈妙默默想：公众人物真是没人权啊。

“要不我发条微博，澄清一下？”

“澄清什么啊，你俩还有下一轮呢，也不怕见面尴尬？你说吧，选我还是选他？”

“我……”

赵斻满床滚开了：“你犹豫了！你犹豫了！我就知道！”

陈妙想抓他，却抓不住，索性站起来叉着腰站在床边：“现在倒是吃起醋来了，那我看你也不敢跟你粉丝说我是你女朋友啊。”

赵斻坐起来，夺过手机：“我现在就发！”他探探头，“我还真不尿的，我发你也发啊，谁不敢公开谁就是这个！”他翘起了他的小拇指。

“得了吧你。”陈妙摁灭了他手机屏幕，又拿过来，“唱个《照花台》都能被撤热搜，你团队管你也挺严的。”

赵斻的倔劲儿这会儿也上来了：“给我！回头我就把他们都辞了，谈个恋爱都得遮遮掩掩的，活着还有什么劲？”

“你跟粉丝介绍我，就不想认真一点？比如咱俩约个时间一起发微博什么的？”

“我不，我现在就要！”

陈妙站在床边，赵斻跪在床上，探手去夺手机。但陈妙毕竟是运动员，她特别灵巧，左扭右扭地躲他，赵斻气不过，去掐她的腰，她痒得受不了，一路往后退，直退到窗台边上。

她把赵斻的手机掖到腰间，也腾出手去抓他的痒痒。

赵斻忽然钩住了她的脖子，又微微坐起来，仰着头去吻她鼻尖，又顺着鼻尖向下，吻到嘴唇、下颌、脖颈。

陈妙脸红红的，这红跟着赵毓的节奏一路从脸蔓延到了脖子。

他在她锁骨正中间那个窝那儿狠狠嘬了一下，顿时现了块红印。

赵毓意犹未尽地抱着她说：“盖个戳儿。”

“你你你……你离我远点儿。”陈妙推开了他。

赵毓不乐意了，还环得更紧了：“为什么他想抱你就抱你，我就不行？”

“你也行。”陈妙的语气很诚恳，“但是你现在这么圈着我脖子，我难受，我身上都是伤，受不了这么大的劲。”

听到这话赵毓像奓了毛的小兔子，立刻松开了手：“不好意思，不好意思。”又双手扶在她的肩上，把她上上下下看了一遍，“我，我没伤着你吧？”

她拨开他的手，表示没有。

赵毓跳下床去，高举着双臂：“我给你做饭去！”说完便跑出了房间。

陈妙在原地活动脖子和肩膀，她翻着赵毓的手机，想看看他刚才到底想发什么。草稿箱里躺着他还没发出去的内容，真是又酸又可爱的一条。

“改革春风吹满地，我的生活一点儿也不争气。乒乓球项目到底为什么要有混双项目？我仰天长问！”还配了一张都是柠檬的配图，上面的文字写着“我酸了”。

赵毓端着淘米的盆进来：“你想吃泰国香米，还是东北大米？我跟你说，下一场比赛我会去监督的，他要敢抱你我立刻冲到台上。你跟他说有什么事冲着我来，别动我女朋友啊。”

“你其实根本不想问我想吃什么米吧？”

赵煳很坦诚：“是啊，这只是个借口，家里哪有两种米？”我就是想多看看你，当然这句话他没胆说出来。

陈妙忽然就觉得，赵煳这人怎么就这么可爱呢，自己怎么会这么爱他呢。

那天睡觉之前，她发了一条微博：

“不是我。”

很典型的妙言妙语。

这天难得陈妙不训练，赵煳也没事，两人坐在家里左思右想，决定再找几个人，过来打麻将。

窦园？窦园肯定是不行，他这人仙风道骨的，斗地主都不会，更别提打麻将了。

刘焕然？刘焕然可以。

还有谁呢……

“冯冠今”这名儿都快脱口而出了，陈妙一琢磨，偷偷瞄了赵煳两眼，还是咽了下去。

“姜春和啊！”她一拍脑袋，“我师姐肯定闲着，我给她打个电话。”

赵兟没有意见。

一个小时后，四人齐聚。

姜春和一进屋就嘟嘟囔囔：“可没见谁家找人打麻将还得自带麻将的。”

赵兟笑呵呵地打招呼：“师姐好。”

陈妙也连忙介绍道：“师姐，这是我男朋友，小赵。”

“欸——你是不是那个，就是说相声那个？”姜春和对陈妙说道，“我妈可喜欢他了，说他长得周正。”又转向赵兟，“你叫什么来着？”

赵兟笑得更灿烂了：“叫我小赵就行，小赵，小赵。”

刘焕然这会儿也来了，进屋之后四下里看看：“哎哟，收拾得挺利索。来，水果，陈妙过来接一下。”

赵兟一溜儿小跑过来：“我来我来！”

刘焕然对着陈妙一挑大拇指：“训练有素。”

在姜春和她们来之前，两人早早地收拾好了一张干净的矮桌子，又找了四个垫子。陈妙她们仨在矮桌前盘腿坐下，赵兟去厨房洗水果。

姜春和还在想这“小赵”到底叫什么，怎么都想不起来。

“我自从退役了之后啊，这脑子就有点儿跟不上。这才刚结婚还没怀孕呢，回头要是一孕傻三年，我还活不活了？”

姜春和目前是全职在家待着，每天朋友圈的日常就是：今天又是闲到长毛的一天。

刘焕然用下巴点点陈妙：“学着点儿，这就是你的明天。”

“我？我可是要奋战到八十岁的劳动妇女好吗？我对象又不是搞金融的，而且我还这么能吃，不迟早把他家吃空了？”

赵1就正好端了一盆小柿子进来：“哟，唠得挺热闹。”他一戳陈妙的脑袋，“你是不是又说我了？”

“哪啊，我没有。”

几个人一起吃了一会儿，吃吃聊聊的，等盆里的柿子空了，麻将也就摆上来了。

姜春和探着身子摸牌：“哎哟，这什么破牌啊，一条。”她扔出来一张，又跟陈妙说，“你跟冯冠今最近打得挺好。”

“嗨，那是没碰见对手。”

刘焕然出牌，姜春和碰了一下，又摇着头说：“不是的，我看了几场转播，你们两个是真的合，感觉跟练了十几年似的，位置什么的跑得也到位。”

“冯冠今到底是怎么个想法？他跟你说过吗，师姐？”刘焕然摆弄着手里的麻将。

姜春和托着下巴想了下：“之前我们倒是见过一次，他也说了不少。感觉他在国外打得……也到了一个瓶颈。他爸好像这几年身体又不太好，他现在是两头都有点舍不下，两头又都很难。”

“这话从何说起？”刘焕然又接着问。

陈妙打量打量自己家醋坛子的表情，赵兟还是笑吟吟的，跟什么事都没有似的。

“一是吧，如果他继续搞单打，岁数毕竟大了，不太容易出什么好成绩了，所以可能想往混双这边转转，这不就来找陈妙了；二是他可能也在外面漂够了，想回来，随便加个俱乐部养养老。”

陈妙嘴咧得收不住：“他当时跟我说的时候可热闹了，我看那意思，就是一心想拐我出国去。”

姜春和摆摆手：“当时应该是的。不过过年那几天，他爸又犯了一次病，初二还是初三来着，他找我借钱，他有钱的那张卡不在身边。我给他送去，一看这人整个儿都垮了，将近一米八的一个人，憔悴得跟一米六似的。”

“你这形容得太惨了吧！”刘焕然吐槽道。

姜春和继续说：“那天看见那张照片，还以为你俩在一起了，当时还挺高兴。不过今儿一看这个小赵啊，我觉得可能他更合适点。”

赵兟笑容都不变，对着陈妙刚打出去的那张牌说：“和了。”

第二局陈妙是东家，她打得一点儿动力都没有，基本就是抓什么扔什么。

“你又怎么了？”刘焕然觉得这小妮子就是矫情。

陈妙长叹一口气：“忽然觉得压力特大，不光顾我自己，还得顾着冯冠今。我一直琢磨怎么能回了他，现在一听这事，我也不好开口了。”

刘焕然满头问号：“你不正好想多打几年吗？”

陈妙还没来得及开口，眉头刚皱起来，赵铳就插嘴道：“不提这事了，专心打牌。”

姜春和最近忘性特大，这会儿就非常八卦地打探起了赵铳和陈妙的陈年往事。

赵铳非常有耐心，先后表示“我追她”“对，从小就认识”“她其实比我长一辈，是我师姑”“还行，赚得不太多，好在就是不用坐班，其实一行有一行难处”“那当然是我做饭”。

姜春和饶有兴致地问道：“那你俩打算什么时候结婚啊？”

陈妙作势要打她：“师姐你问什么呢！”

姜春和躲过去，还不住地问赵铳：“你俩什么时候结婚啊？什么时候啊？我红包准备好多年了。”

赵铳嘴角翘起来，露出几颗洁白的好牙：“随时。只要陈妙乐意，我随时都可以。”

那天姜春和她们走了之后，陈妙特别害怕赵铳生气，一晚上都低着头跟在他后面，看着他擦桌子擦地。赵铳都被跟笑了，说：“你总围着我转干吗，也不帮我干活。”

她拉着他衣角：“你没生气吧？”

赵铳看着她小心翼翼的样儿，忽然特别心疼：“我没生气，真的。这事咱俩上次不都说明白了吗？”

“感觉你又要生气。”陈妙垂头丧气，小声地说着气话，“要不我退役得了。”

“你退役干吗啊？”

陈妙体会了一下，赵兟的语气确实很正常，又抬头看他的表情，也没什么不对劲的地方，眉间眼里带点儿笑，正眼波盈盈地看她。

赵兟解释道：“我是很在意你。可能是从小被惯坏了，有点爱作，但是我也很爱你啊，你说过只是工作，没别的，那我就相信你。”

他说，你不用讨好我的。

他还说，你真的是很值得爱的一个人。

赵兟意识到这话要跟陈妙明明白白地讲清楚，还是窦园点醒他的。

他俩有一次站在剧场后门唠嗑，窦园说：“你让她放松点儿。你这人心软，就是嘴有时候不饶人，其实长久下来，给人压力挺大，尤其是陈妙。”

于是今天，赵兟抱着她说：“我不是装的，我是真没生气。你说说你多吃亏，明明很懂事的一个人，愣是装着不懂事，这些年这么小心翼翼的，你得吃多少苦啊……”

陈妙趴在赵兟怀里，他的毛衣柔软又温暖，这种久违的依靠感让她鼻子一酸，眼泪止不住地流了下来。

她始终知道，有些伤是需要用爱来愈合的。

她也知道赵兟就是这个人，就是那个在她委屈的时候，不会劝她“别哭了”，而是会给她一个拥抱的人。

一个可以，无条件信赖的人。

陈妙和冯冠今又赢了一场。只是这次冯冠今想要再抱陈妙时，她跑到了更衣室给赵犹打电话。

“我又赢了。”

“恭喜呀！”

“你那边怎么这么吵？”

赵犹从看台的后排开始往前走：“因为我在现场啊。”

陈妙特别激动：“你是来找我吃饭的吗？”

赵犹没有正面回答这个问题，只叮嘱她回去后好好休息。挂断电话后，他在心里默默补了一句：确实是吃饭，不过不是跟你，是跟冯冠今。

这会儿赵犹已经走到了第一排，冯冠今正在给粉丝们签名。他耐心地等着冯冠今送走了一位又一位粉丝，直到送走最后一位，才开口叫道：“冯冠今。”

冯冠今一回头，看见是赵犹，回道：“好久不见。”

赵犹特别直白：“我请你吃饭，你挑地儿，你开车。”

冯冠今应了。

火锅店里热气腾腾的，人不少，却并不是特别吵，正适合谈事。

两人脸上都洋溢着非常官方的、恰到好处的笑容，不过赵Ծ一张嘴就破功了："我从小就不喜欢你。"

冯冠今笑了笑，往锅里下了点肉："现在呢？"

赵Ծ也笑："现在更不喜欢了。"

"这样啊。"

冯冠今就像是听了句很平常的话，还招呼着赵Ծ往锅里下冻豆腐。

赵Ծ一块一块地往锅里夹，白雾腾了满脸。

"你这种世家子弟就是不一样，不喜欢谁还要特意跑来说一下。"冯冠今慢悠悠地说，"还要请吃顿饭。"

"也不都这么讲究，我算是败家子儿里面的魁首。"

气氛好像就此沉寂了下去，两人都在低头吃东西，谁都没再开口。

吃了一会儿后，冯冠今碗里的蘸料似乎是快吃完了，他对赵Ծ说道："你把那个麻酱碗递给我一下吧。"

赵Ծ递给他，他接过来，却没着急把手缩回去，在半空中悬了一会儿才说："你也不过是运气比我好点儿罢了。总是出现得恰到好处。"

赵Ծ摇头："不是的，你有过机会的。你算算咱们小时候，我走了几年？只是你那时候一心奔着要往外走，并不把她放眼里罢了。"

冯冠今也摇头，又反问道："你觉得我有什么资格把她放眼里？我只有自己，孤身一人。我前途如何尚不可知，又怎么能带着她披荆斩棘的？”

“所以我当时，和你说要好好照顾她，你其实并没放在心上？”

那是个遥远的少年约定了。

当初赵犹临走之前，给他的朋友们挨个放狠话，比如跟陈妙说，要是瘦了可饶不了她；跟冯冠今说，照顾好陈妙。

那天的月色很亮，冯冠今也信誓旦旦地应了，只是如今再说起这事，只余下满满一腔的感叹。

“你这种人，永远不会知道‘自顾不暇’四个字怎么写。”

赵犹反驳：“但是我现在会写‘焦头烂额’了。”

“我想搏一把。”

“不行。”

“由不得你。”

“不信你就试试。”

冯冠今端起杯子一饮而尽：“我干了，你随意。”

赵犹也一仰脖：“你那杯是白水，我这杯是白酒。”

“喝呗，喝多了我送你回家。”冯冠今眼角的细纹堆起，目光璨璨。

赵犹又给自己倒了一杯，又是一饮而尽。他终于笑了，这次是真心实意的，真心实意地对冯冠今说：“兄弟，欢迎回家。”

春天暧昧温和，却不长留，夏日转眼就来。

赵毓已经从家里搬了出来，千辛万苦终于租到了陈妙出租房楼下的房子。

陈妙和冯冠今的第一次合作成绩斐然，获得了那次比赛的混双第三，自此名声大振。而冯冠今总是抓着一切机会跟她拉近关系，他说他不求回报。

陈妙也坦坦诚诚地跟赵毓说了。

即便心里不太舒服赵毓也没表现出来，嘴上还说着："这事你自己处理，我相信你能摆平。"

"真的？"

"真的。"

有时候他演出回来得晚，就不再上楼找她。陈妙的训练也日益繁忙，回来的时候很少。两人的日子过得忙碌又充实。

这天晚上将近十二点的时候，她忽然给赵毓打了个电话。

赵毓本来已经睡着了，但他特意设定了只有陈妙的电话能在这个时间段打进来，一听到铃声他就迷迷糊糊地接起来。

陈妙在电话那头问："你在家吗？"

"在……"

"那我下楼，咱涮火锅吃吧。"

"嗯……来……"

赵毓撂了电话就又睡着了，直到陈妙在他床边推他。

赵兟坐起来，揉揉眼睛：“不好意思，今天有点累着了。”他盖了床法兰绒的毯子，掀开一角，拍拍床，“上来坐会儿，这屋晚上冷。咱们聊会儿，让我精神精神。”

陈妙坐上来，抱好双膝：“你晚上吃了吗？”

“没有。本来挺饿的，但到了家看到家里没人，又不知道你在不在，想着还是不给你打电话了，就睡着了。中间饿醒过一回，又嫌做饭麻烦，就躺着了，然后就现在了。”

毯子很舒适，陈妙被这温度一暖，也垂着眼帘昏昏欲睡。

赵兟拍拍她的脸：“醒醒嘿，不说好的涮火锅吗？”

陈妙往他身上一栽：“不吃了。”

“不吃了，也得说说心事吧，坏事不过夜。”

本来她确实有一肚子的话要跟赵兟说，只是一挨到他身边，一闻到他身上自己熟悉的味道，她就觉得无比安心。

她所有的防备都轻轻地卸了下来，此刻只剩下渴求沉沉睡眠的一个她。

她只想挨着一个热乎乎暖融融的，能让她感到安心的人，度过一个没有梦的长夜。

陈妙往后一仰，轻轻侧身，把自己蜷成一团，睡了过去。

赵兟打个呵欠，躺下去环着她的腰，又替她把毯子拉到胸口，也睡了过去。

两人一夜好梦。

陈妙热度不减，从年前一直火到现在，她那个教学系列的视频也录了不少。

这期是个答观众问的特别节目，刘焕然是画外音。

“你觉得现在国家队里直板技术最优越的是谁？”

“肯定不会是我呗，但我是女队这边身高最优越的。”

“那为什么不是冯宝缘师妹来讲，她的世界排名要比你高很多？”

“她太忙了，还得好好训练。我表面上看起来是边缘运动员，但其实我是我们队负责宣传的宣传干事，这属于我的正职。”

“那我再问一个问题，你喜欢男孩儿还是女孩儿？”

“这跟乒乓球有关系吗？”视频中的陈妙瞪了镜头外的刘焕然一眼，“不过我喜欢女孩儿。”

这期视频放出来的第二天陈妙就接到了姜春和的夺命电话。

“这会儿我已经到你家楼下了啊，你今天替我看一天孩子。”姜春和第一句话就说出了自己的来意。

“嗯……”陈妙这会儿还迷迷糊糊的，直到撂了电话，又趴了一会儿才反应过来，“我刚才答应什么来着？

“好像是，看孩子？

“还是个男孩儿？”

陈妙下意识地就想找赵毪，又转念一想，这会儿她哪能抓得到他呢？赵毪昨天刚飞走，去给他师大爷做助演。

陈妙要流泪了，但在这样艰苦的情况下，她还是没有忘记，要给自己打造一个无瑕底妆。

姜春和的侄子白白净净的，一笑就露个豁牙，看着还挺可爱的。

小侄子一看到陈妙就特乖巧地开口道:“陈妙姑姑你好,我叫姜胡。”

听到这名儿陈妙就有点憋不住了，她挑了挑眉毛：“师姐，这孩子的名字……你起的吧？”

“你不觉得寓意还成吗？”姜春和安排着，“你也不用太惯他，今天上午你看着他写写作业,下午领他出去玩玩,晚上看着他好好睡觉,明天我就来‘取’他。”

“行，安排得不错。”

姜胡跑到桌子边上，把书包一放，抽出作业本就开始写作业。

“嘿，你家这孩子，主观能动性够高的啊。”

姜春和笑而不语。

两人又站在门口聊了一会儿，陈妙抱着胳膊问道：“你说你七岁时候在干吗呢？”

姜春和眯着眼睛想了好一会儿：“我那会儿，好像已经是全市冠军了吧。”

陈妙摇头：“那你这不行啊，我七岁的时候得过全省冠军。”

“敢不敢比比最高排名？”

陈妙立刻认㞞：“不敢不敢不敢。我现在就是个谐星，志不在乒乓球了，不能再给队友们拖后腿了。”

姜春和一拍她肩膀，准备走了。她前脚刚关门，后脚姜胡就把作业本一扔，屋里屋外地乱窜，找好吃的。

陈妙叉着腰走过去：“老实点啊，你姑姑可是让我看着你写作业。”

姜胡跑过来，一下子就抱住了陈妙的腰，小小一个人，热乎乎的，还挺可爱。他仰着头看陈妙，又把脑袋放在她肚子上滚来滚去：“有没有好吃的呀，姑姑？”

作为一个正常的、颇有爱心的青年，看着活力满满的小姜胡，陈妙不由自主地产生了那么一点点的母爱。

她想了想，家里是没什么吃的，不过赵犹家倒是可能有。赵犹家要没有，楼下还有小超市呢。

不对不对，刚刚明明还在说写作业，为什么这会儿就已经开始想去哪儿买东西吃了啊！陈妙深深地鄙视自己太容易被带偏了。

“姑姑！”

陈妙虎下脸：“不行，写作业去。”

“姑……”姜胡话还没说完，陈妙的手机有电话打进来了，是赵犹。接起来之后，他劈头盖脸就扔过来一段表白：“陈妙，昨儿晚上窦园说发现我最近低血糖的时候少了，肯定是因为咱俩在一起，你太甜了！”

要是放在平时，陈妙肯定特别感动，说不定还会搜肠刮肚地编一句情话发射回去，但现在嘛……有点棘手。

那边赵兟还在热切地等她回话，这边她被姜胡缠得受不了！

“姑姑，姑姑，我要吃糖！”姜胡一边说一边往陈妙身上蹦跶，连赵兟都听到了。

“你那边什么情况？”

“是我师姐的侄子。”

“育儿大师陈妙同志，你得有耐心啊，不能急啊。”这时候赵兟还在嘴贫。

撂下电话，陈妙深呼吸一口气，劝自己要有耐心，还要有爱心。别的没有，糖她有的是，都是给赵兟预备的。

她进屋拿了盒硬糖，从里面拿出一颗递过来：“你先吃一颗啊，只能吃一颗，做完作业再吃另一颗。”

姜胡就跟她商量：“我一共五篇作业，要不，每做完一项，我就吃一颗？”

她觉得这倒也行，于是就坐在旁边，手托硬糖盒子，端庄严肃如观音身边的童子，认认真真地看着姜胡写作业。

姜胡虽然需求多，但好在十分讲理。奖励政策既然已经谈好了，那就要一心一意地去执行原本的计划。

陈妙也足够认真，就只是坐在旁边看着他做题，也没玩手机，也没看风景，更没睡觉。她看着姜胡一笔一画地写字，忽然有种自己已经结婚了的感觉。

她陷入沉思……

“一大清早，天还蒙蒙亮，家住某小区的劳动妇女陈妙已经起床准备早餐，为了让丈夫和孩子能够获得一个上午工作学习所需的足够营养，她早在昨夜，就已经准备好了全部食材。”

“不不不，”陈妙托着下巴，“不对，不应该是这样。”

应该是——

“一大清早，天还蒙蒙亮，家住某小区的著名青年相声演员赵犹已经起床准备早餐，为了让妻子和孩子能够获得一个上午工作学习所需的足够营养，他早在昨夜，就已经准备好了全部食材。”

陈妙点点头，这样才对嘛。

接着画面一转，来到了卧室。赵犹敲敲门，轻声说道：“起床了，该吃早饭啦！”

一个萌萌哒的小孩子从屋里走出来，声音奶奶的：“爸爸，我已经准备好了！我现在就去吃饭！”

赵犹摸摸他的头，小萌娃一蹦一跳地向饭桌跑去。

……

“姑姑！姑姑！”姜胡推了推陈妙，打断了她的幻想，“这个字怎么写？”

陈妙这才回过神来，只是脸上还残留着点儿笑意。她拿过姜胡的作业本，乐呵呵地看起来。

也许那样的生活，真的挺不错的。

姜胡讲理，陈妙也讲理，二人上午合作得非常愉快。

中午陈妙领着他在外面随便吃了顿饭，吃完两人在商场里闲逛消食的时候，姜胡忽然提议道：“姑姑咱们滑冰去吧，这楼上有个挺大的室内冰场。”

陈妙连连摆手：“我就不了吧，我不会。”

听到滑冰，她语气就变得有点低沉，脸上也有点挂不住笑。

姜胡拉着她的手撒娇道：“走吧走吧，我会。而且姑姑你肢体协调性这么好，肯定很快就能学会，走吧走吧！”

陈妙嘴上说着不去不去，身体却还是很老实地跟着姜胡上了楼租了器具又穿戴整齐，等她反应过来的时候，已经是手把着扶手，人站在冰面上了。

姜胡滑的是打冰球的球刀，远远看过去像一只在学走路的小鸭子，腿倒腾得特别勤快。他边倒腾边喊：“姑姑你试试，你不要不敢走！你看我，就保持好一个重心！记住啊！重心！”

陈妙也想过要不要找个教练教教自己，但刚刚姜胡说，姜春和也是去年才学会滑冰的，她当时就坚决没请教练。

因为她说，不请教练，是她身为一名前运动员，最后的尊严。

“姑姑，你要加油啊！你不能输给我姑姑！”

陈妙心里飘过一行字“我老早之前就不知道输给你姑姑多少次了”，但表面上还是要非常精神抖擞：“放心吧！我能行！”

姜胡还在旁边大喊：“滑起来！滑起来！”

陈妙也喊回去：“小祖宗你可别管我了！顾好自己吧。”

姜胡一圈圈地从她旁边滑过去，就跟鱼进了水似的，自在得不行。

再看看陈妙，一动不敢动，生怕一动弹就摔个大马趴，就跟脑子进了水似的，失去了平衡感。她扶着旁边的栏杆，看着冰场来来往往的人，有的是青年情侣，大多数是男孩儿教女孩儿滑，也有的是女孩儿一圈圈地带着男孩儿滑，他们的手都牵得很紧；有的是比陈妙岁数大一点儿的职场人，大概是难得忙里偷闲，终于有个机会出来玩玩；还有的是家长带着孩子来的。

家长带着孩子……

陈妙妈妈是个很爱自由的女人，基本已经爱到了不管不顾的程度，也就是不在乎别人怎么评价，如何感受。

这个“别人”里，也包括陈妙和她爸。

陈妙记得妈妈个子高高的，也许和她差不多，都是一米七三一米七四这样，但她也许永远都不会去找当事人确定了。她又想起妈妈总是很漂亮，头发不长，却英姿飒爽的，脸上的表情总是淡然又自信。

很长一段时间里，陈妙都对她妈妈恨不起来。

她总觉得，好看的人，怎么会做出那样的错事呢？

那么好看又有精气神的人，应该很爱生活的啊，她应该很爱生活，很爱丈夫和孩子。

但是她其实，只爱自由。

自从妈妈年少时候的恋人从监狱里被释放出来的那一天起，她的妈妈，就不再是她的妈妈了。

她愿意把所有的笑脸都留给她的恋人，她愿意为了爱倾尽自己所有的温柔。

所以长大之后的陈妙，在和赵犹分开的那四年里，每每梦到他，再醒来时，也总会想到自己的妈妈。

她很不想走她爸的老路，爱上一个感情太过强烈直接的人。然而她又和她爸的性格太像，一样地把感情收到最深最深的骨头缝里，一样的不言不语，却让这隐秘压抑的感情融入骨髓，造出新血。

每一条静脉动脉，所有的器官，奔腾叫嚣着的，全都是爱。

父亲和母亲本质上其实是一类人。

陈妙和赵犹也是。

只是陈妙更幸运。

她是赵犹窗前永远皎洁明亮的那轮圆月，是他年少时候的所有爱恨情仇，是他用多年苦熬的相思，精心酿成的一壶高粱酒，烈烈地洒在心头。

那人从监狱里出来的时候，也是一个冬天。她觉得妈妈应该是很早就数着日子盼着他出来了，所以从进入那个十二月开始，就格外开心。

那天晚上的夜空月朗星疏。

妈妈给她围好了围巾，戴好了帽子和手套，然后难得地对她笑着说：“走，咱们去滑冰。”

咱们去滑冰，妈妈拉着你。

这是陈妙的记忆中她第一次带自己去玩儿。

妈妈租了一双冰鞋，陈妙就坐在木制的小凳子上，任由她给自己穿好鞋子后，拉着自己在冰上逡巡。

冰场的冷气很足，但她却觉得特暖和，只是那样温暖的冬夜，陈妙再也没遇见过。

她们俩在冰上转了一圈又一圈。

妈妈说：“你要好好打球噢陈妙。

“打成全国冠军，世界冠军。

“到时候妈妈就能在电视上看到你了。”

妈妈其实还说了很多话，然而到现在陈妙只深刻地记得这一句了。

她说：“以后没有我了，你和爸爸要好好地生活呀。”

十四岁那年，陈妙参加全国少年乒乓球大赛，好不容易打到了半决赛，那时候她爸妈已经分开了很久，但她还是在比赛之前，给妈妈打了一个电话，她说："妈，这次你能在电视上看到我了。"

然而，陈妙妈妈只是说了一句："知道了。"

那年她是单打第三名。

比赛结束的那个夜晚，她在楼下的公共电话旁待了半宿，感觉自己浑身上下都凉透了，却再也没有勇气告诉妈妈一句："妈，我赢了。"

陈妙的勇气分为两部分，球场上的勇气没有终点，生活中的勇气却是不可再生的稀缺资源。

她有好多好多的话想和妈妈说，她想说，妈我知道您这些年过得并不好，想说其实我和爸爸很希望您能再回到这个家，或者是说今年的训练真的很刻苦，很刻苦很刻苦才得到了这样的成绩。

可陈妙很怕，很怕妈妈只是接着说："知道了。"

其实她什么都不知道。

姜胡忽然觉得陈妙有点不对劲，他慢慢减速扑了过去："姑姑你在想什么呢？"

陈妙回过神来，拍拍他屁股："滑你的去。"

"我带你。"姜胡伸出手来，"姑姑放心吧，我带你。"

陈妙本来只是心里酸，却被这孩子忽然的一句"我带你"把这酸劲儿勾上了脸。她的泪就在眼眶里打着转，连忙把姜胡脑袋往前一扳："我们运动员啊，是有自尊的，你前面带路，我后面跟着。我跟你说啊，我都观察半天了，技巧方面肯定没问题。”

陈妙的声音带着点儿哭腔，姜胡听出了一些却没多说，只是关心着：“慢点啊，姑姑！注意技巧，保持风度，你就是这个冰场上最靓的崽！”

“扑哧！”陈妙一个没忍住笑了出来，这孩子啊，忒机灵。

第八章

不想让我的女孩受委屈

这次回来的高铁上，赵铣学会了怎么折纸郁金香。陈妙在家里准备好了涮火锅的一切东西，就等他回来开吃了。

她推开窗，夜幕深沉，没有风的夏夜总是闷闷的，空气里带着一股城市里特有的繁华的味道。

赵铣开门进来的时候动静不小，他背了好大一个包，进门后把包放在地上，然后从上衣口袋里拿出那朵郁金香，走到陈妙面前：“我折的，好看吧？”

陈妙高高兴兴地把花插到了一个空瓶子里，又回到客厅推着赵铣到了饭桌前，掀开盖着火锅汤底的盖子，她搓搓手：“来，吃！”

锅里的汤底“咕噜咕噜”地冒着泡泡，热气腾腾，香气缭绕，把赵铣都给馋到了。

赵铣麻利地去洗了个手，回来坐下之后特惊喜地环顾了一下四周：“哎哟，收拾得还挺干净。”接着又用筷子夹起陈妙准备好的蔬菜放进火锅里，“这菜洗得也干净，你雇人干的活？”

“胡说八道，我会干活。”陈妙没好气地瞪了他一眼。

赵烑笑了笑不说话，现在吃火锅最重要。

两人吃了一会儿，陈妙忽然提起个事儿来：“上次那个滑过去的消息，就上次我半夜打电话请你吃火锅，结果下了楼到了你那儿又睡着的那次，我其实是想说——

“我其实是想说，我妈要结婚了。她老了，折腾不动了，不能再在爱里挣扎了，所以她要嫁人了，嫁给一个和爸爸一样，她并不爱的人。”

陈妙端着筷子：“其实我上次回去，看到她的第一眼，我可能就已经原谅她了。她那么漂亮的一个人，忽然变得那么老，那么憔悴，我想她一定过得并不好。可是她要结婚了，我一点都不高兴，这是她这么多年来为数不多地主动给我打电话，却只是告诉我她要结婚了。”

赵烑就是安静地听着，并没有插话。

陈妙抿抿嘴唇，又笑起来：“不提了，不提了，说这些干吗呢，快吃快吃。”她往赵烑碗里夹了一大块肉。

只是她自己说不提了，低头吃了一会儿之后却又说起来：“我当年可希望我妈教我滑冰了，直到那天我自己学会了滑冰，我才发现，有的路自己走也能走很远，不过就是有点累。”

赵烑放下筷子，从脖子上摘下一条红绳递过来：“你还记得这个吗？”

陈妙看了又看。

“这个……这个好像是……好像是小时候手工课我做的那条？”

赵兟点点头：“那天回了趟家，找到了一个小盒子，打开发现里面是这个。”

“欸，你别说，我那时候手还挺巧。”陈妙拿过来仔细端详，“还真挺好看的。”

赵兟摸了摸她脑袋：“嗯对，手巧、个高、脾气好。”

“什么？”

“人努力又有趣，还很在乎别人的感受，有礼貌，不会因为掌握了某种特殊技能就看不起别人，也很热心肠。”

陈妙意识到他是在说自己。

“很坚强，心肠又很软。”赵兟停顿了一下，把陈妙的手轻轻拉过来，“你看你有这么多优点，我就希望你呀，不要那么懂事。如果所有的过去都能因为人变老了、时间过去了就被抹平，那你当年吃的那些苦，就变成了一种委曲求全。但是你得知道，你吃苦是为了自己，可以是因为别人，但不是为了谁。如果没办法形成一个相对来说较为平等的付出关系，那还不如两个人就僵着。”

他还说：“我不希望我的陈妙，活得那么委屈巴巴，她就是个小女孩，不过除了我，谁都不能欺负。”

那样艰难的日子怎么会轻易忘记呢？

赵烒不是拦着陈妙宽恕别人，他只是想让她把善良留给真正值得的人。

“如果阿姨要办婚礼的话，我可以替你去一趟。但是我觉得你不会想去的，现在你问问自己的内心，你真的想去吗？”

赵烒在教她，教她如何才能长出一身丰茂的羽翼。

日子到了陈妙妈妈婚礼那天，陈妙还是去了，只是没有进去。

陈妙站在酒店门口，赵烒站在她身后，来往的宾客喧哗，她拨响了那串号码。沉默许久，她终于把压在心里的话说出了口，她说：“妈妈，祝您新婚快乐。

“您到底多高呢？

“和我一样高吗？

“我从前总想像您一点儿，再像您一点儿。

“但是现在您是您，我是我，咱们以后啊，都要快乐地生活。”

那个问题不需要答案，陈妙说完就挂了电话，转身和赵烒击掌。而赵烒抓住她的手，轻轻地牵到了自己腰间，又按着她后背，把她拥进了怀里。

这天赵烒去窦园家对口，一推门，一张大白脸跃然而出。赵烒吓得一哆嗦：“干吗呢，哥哥？亏得是白天，要不然得把我吓出个好歹，误工费、医药费、精神损失费，你赔！”

窦园晃晃脑袋：“别废话。”

于是在这次对口中，窦园彻底将他沉默的捧哏风格发扬光大：能闭嘴就不张嘴，能小点儿张嘴就绝对不满张着嘴。“嗯”是他的代名词，“啊”代表他还在听，“去你的吧”都是从牙缝里挤出来的。

赵酰觉得自己被一种无形的巨大压力紧紧压缩，窦园仿佛不是他的搭档，而是正在敷面膜的一代宗师。

窦园卸了面膜洗了脸回来，赵酰正歪在沙发上眼珠子乱转，一看就是在打坏主意：“窦哥哥你这是干吗啊，怎么还敷上面膜了？这么正经？”

窦园轻轻拍拍自个儿两腮：“相亲。”

“哟。”一个字虽短，却意味深长。

窦园终于露出点儿头疼的表情：“我妈去公园跳舞，碰见个投缘的大爷……”

“嗯？”听到这话赵酰的眼睛都睁圆了，“怎么呢？那你家的窦大爷咋办呢？痴情的男子负心的娘们？”

窦园拿起一个抱枕扔到他脸上：“说谁呢你！”

“口误口误。”赵酰四下奔逃。

“是我，我相亲。我真服了，我妈觉得跟那个大爷特别投契，非得让我去跟人家闺女相亲。”

赵兟语重心长，颠儿颠儿过来抓住窦园的手：“园园哥哥，你要勇于挣脱命运的枷锁，做一头快乐的小象。”

窦园摇头：“都是窦明明那个祸害，我有时候都怀疑他当婚托了，或者是那种可以被租赁的男朋友。赵兟你琢磨琢磨窦明明那人，窦明明多会啊，从小一起长大的女孩儿有一个算一个都夸他，都不跟我玩，我可真是要委屈死了，我真那么次吗？”

“人无远虑，必有近忧。你这就属于有近忧，我呢，就是有远虑。”

“啥远虑？”

“我自己倒是没什么，但是陈妙那毛手毛脚的，我是真怕她哪天忽然受一次大伤。”

两个青年男子坐在沙发上，目光平直向前，略显空洞，然后他们同时叹气：“唉。”

窦园的近忧不知道解决得如何了，但赵兟的远虑却提前应验了。

那阵子赵兟正在全国各地跑来跑去地巡演，有点时间都搭在路上了，根本没空回家。等半个月之后他好不容易松口气回到家，却发现陈妙连石膏都打上了。

“你快看！我有石膏手臂！”陈妙挥着手，冲赵兟“炫耀”着。

“哎哟，你别动别动！”赵兟心都提到嗓子眼儿了，“你说这个是玩具？”

陈妙颠儿颠儿地跑过来：“真的啊，你看还可以在上面写字呢！”

刚刚看到陈妙的第一眼涌出来的那股担心随着愤怒上来慢慢退下去了，赵烒强压着心头的火气问道：“你为什么不告诉我？”

“为什么要告诉你？你也有自己的事情要忙啊。上次肩膀受伤也是说漏嘴了，本来没想跟你说的。”

赵烒这股气一下子就蹿上了头，他手都在抖，陈妙偏偏还不明就里地问他怎么了，还跟他显摆自己的石膏。

“骨折？”

陈妙一张小脸儿笑嘻嘻的：“挫伤，就是严重了点儿。那天队内比赛，跟队友没跑开位置，她压我手上了。”

“哪个队友？”

“反正不是刘焕然，你不认得。”

赵烒把火气拼命往下咽，奈何怒火还是没压住，他只能一直问话。

“那冯冠今呢？你俩不是十月份还有场比赛来着，这眼看着十月份就来了，他没说什么吗？”

“他找了新搭档，就是那天跟我练双打，结果把我压伤了的那个姐妹，正好她也是我们俱乐部的。其实那人跟我的打法挺像的，可能他俩也比较合得来吧。”

“你们俱乐部安排的，还是……”

“听说好像是冯冠今自己找的。他那人嘛，比较看重比赛，正好我也想歇歇。”

“他来看过你吗？”

“他来看我干吗？”陈妙满脸的不解，“他来看了，我又不会好得快一点。再说他训练也挺忙的，我不用他看。我跟你讲我很健壮的，当时那个医生问我这儿疼不疼那儿疼不疼，我都没感觉，我是不是特别棒？”

……

赵竼终于冷静了下来，他给陈妙做了饭，又一口一口喂她，刷了锅洗了碗，到了晚上九点多，他忽然说要出去一趟。

“你干吗去？”

“下楼遛弯儿。”

“带我一个。”

“你老实在家里待着吧，我一会儿就回来。”

赵竼说这话的时候，满脸都写着“杀人”二字，只不过他背着身子穿鞋，陈妙看不见，还躺在沙发上嘱咐他上来的时候带两根冰棍。

赵竼可能是为数不多的，打人还要骑自行车去的人吧。

他下楼取了一趟车。

自行车。

他把着车把站在小区门口给冯冠今打电话：“你在哪儿？”

“在家啊。”冯冠今一脸蒙，赵竼怎么给他打电话了？

“你给我发一定位，我有点事要跟你说。”

定位发过来，赵毓一看，幸亏不远，半个小时就到了。他吭哧吭哧地骑到了冯冠今家楼下，把车一扔，坐在花坛上抽烟。

“你下来吧，我不上去了。”赵毓又拨了电话过去。

冯冠今这会儿其实已经准备睡觉了，随便套了件外衣，穿着拖鞋就下来了。

赵毓老远就听见动静了，心说：穿拖鞋，真的不明智。

冯冠今起初在这茫茫夜色里，只能看到花坛那边有个橘黄色的小火团，等视线再清楚点儿，他就看到了赵毓的脸。

赵毓站起来，把烟头扔到垃圾桶里，长长地叹了口气。

一片白茫茫，都是烟雾。

赵毓虽然是存心来打冯冠今的，但是也得让他疼个明白。赵毓就那么定定地看着冯冠今，盯得他浑身发毛，然后说：“你是不是有点欺负陈妙不懂事了？”

冯冠今立刻反应过来是什么事，于是解释道：“运动员受伤是正常的，没你想得那么严重。”

“我想得怎么严重了？你换搭档我没意见，换谁，我一个外行，也不好评价。你想出成绩我也支持，毕竟咱也是发小儿，我也希望你好。但是你怎么能对她那么不闻不问的，去看一趟很难吗？还是你们关系好到有心灵感应了？”赵毓把重心从左脚换到右脚，身体微微往后倾，“嘴上说得好听，要跟我争一争，我都不介意了，那你倒是对她好点儿啊。”

陈妙不懂这些往来，刚才还傻乎乎地替冯冠今说话，但赵毓可不是傻子。

他从知道这个事开始就很想狠狠地打冯冠今一顿了。

赵毓甚至怀疑那次吃饭冯冠今说的那些话，无非就是为了让自己放心陈妙去和他打混双。

这么一来，冯冠今可就骗了两个人。

而他之前的种种举动，也都可以归因到只是单纯为了给自己炒热度，并没有对陈妙倾注任何真实的情感。

原本赵毓容他忍他放任他，是觉得自己总不在家，有冯冠今和刘焕然两个人一起照应着陈妙，还能让他省点儿心，再有就是听说陈妙也确实很适合双打，有这个合作伙伴，她自己也很高兴。

毕竟只要陈妙高兴，他是什么都可以接受的。

他有自信陈妙不会跟着冯冠今跑了。

就是一个不小心，错信了冯冠今，没看出他是个大难临头各自飞的狠心角色。

冯冠今低着头不说话。

赵毓忽然想起多年前，自己似乎也是这般信任过他，也是把陈妙交给了他照顾。

他突然觉得有点无力。

“你这么骗我，骗她，骗自己，有意思吗？你真的喜欢过陈妙吗？她从头到尾都是被你利用的棋子吧？小时候你利用她对你的崇拜，获得一点微不足道的骄傲和自尊；长大了，你想利用她帮你重回国内的赛场上，重新回到大家的视线里。可每次都是一旦出现了更好的或者她出了差错，你就立刻跳船，留她一个人在海上漂着。我最恨你的一点就是说话好听会哄人，二十几岁的人了还是把她哄得团团转。她始终觉得你特别好特别棒，无论做了什么肯定都是有你自己的苦衷。所以，冯冠今你到底有什么苦衷？”

赵铣停顿了一下。

一阵凉凉的晚风吹过来，在他们二人之间盘桓，吹完赵铣吹冯冠今，吹完冯冠今吹赵铣，似乎就要在这里安营扎寨，再也不走。

他俩都被这风吹得浑身发冷。

赵铣在这个漫长的停顿过后，开始了新的发问。

“冯冠今，你还有朋友吗？”

其实他想问，冯冠今你还认得你自己吗？

只是赵铣一时之间也说不准冯冠今到底是什么人了。他记得冯冠今小时候个子高高的，很清秀，一笑两个酒窝，总是坐在他爸爸的自行车的后座上，穿得整整齐齐干干净净。

说话声音很小，心地很善良，也做不出这么伤人心的事情。

赵铣不想跟他说了，也不想打他了，只是再也不想见到他了。

他转身要走，冯冠今却忽然拉住他的胳膊。他看着赵㼆，神色终于有点动容：“帮我跟陈妙说声对不起。”

赵㼆一愣。

黑夜里他的声音十分疲惫地传过来，似乎很远，又似乎很近。

“还算你有良心。你要是拉住我，让我不要告诉陈妙，我真的有可能把你打得明天见不了人。你放心，她自己如果反应不过来的话，我是不会说的。”他看向冯冠今，十分郑重，“所以以后，离我女朋友远一点，她现在是真的不需要你了。”

赵㼆在冯冠今这儿撒完了气才肯乖乖地回家，他一进屋就把冰棍儿举得很高，陈妙踮脚也碰不到。

“你就给我吃一根嘛。”

“那你得答应我一件事。”

“什么事呀？”

赵㼆正色道：“以后像这种事，一定要告诉我，不许瞒着我。没有什么事什么工作能比你重要，知道吗？你不告诉我，搞得我总是最后一个知道，我很没安全感的，总觉得你没把我当自己人。答应不答应？给个痛快话。”

陈妙一蹦三尺高：“成交！”

赵㼆从背后搂住她的腰，使了个旱地拔葱，直接把她拔到了卧室。

“学徒赵兟。”

“学徒窦园。”

“上台鞠躬——”

电视上正播着赵兟和窦园的节目，陈妙又是想看，又是想去厨房帮忙。她一步三回头地到了厨房门口，却很快被赵兟妈妈推着后背赶了出来。

“去去去，想看就去看呗。”

“阿姨，我也帮您干点儿活儿。”

一听这话赵兟妈妈马上就笑了：“你哪会这个啊！进屋把你赵叔叔叫出来，让他过来给我扒蒜。”

似乎听到有人在说自己，赵兟他爸立刻跑来：“什么事？哦哦哦，扒蒜啊，我来我来，陈妙你坐着看电视就行了。”说完就和赵兟妈妈两人一起进了厨房。

赵四爷也招呼着她：“大侄女快来，来看兟兟。”

陈妙于是就心安理得地窝到了沙发上。

赵四爷伸手递给她一个剥好的橘子，陈妙接过来道了个谢，就开开心心地吃起来。

赵四爷一边看着电视上的赵兟和窦园说相声，一边悠悠开口道：“不疼吗？”

陈妙意识到他是在说自己这只伤臂：“不疼不疼，习惯了。”

“你跟赵兟啊，还真是生反了。他从小就娇气，经不起磕打。”赵四爷捋着银髯，一推眼镜，看向陈妙，“他对你可还行？没欺你吧？”

陈妙头摇得跟拨浪鼓似的：“没没没，特别好，特别好。”

赵四爷又继续说下去，他眯着眼：“过年的时候吧，你没来家里真是可惜。赵兟妈妈准备了不少东西，都是你爱吃的。赵兟爸爸还把他好一顿训，说他肯定是没跟你说好，让你觉得跟家里见外了。其实你真的不用跟我们这几个老家伙见外，都是看着你长大的。你琢磨琢磨，你叫赵兟他爸妈，叫了多少年的哥哥嫂子，这经历一般人肯定没有。”

陈妙想忍，没忍住，还是笑出了声。

赵四爷眉间舒展，又把视线移到电视上。

屏幕里，赵兟和窦园还在说话。这会儿窦园已经从刘备变成了张飞，而赵兟还是诸葛亮，两人都围着白色的手绢，赵兟手拿扇子，坐在椅子上。

“你说小浦这个名字是不是挺好的？”

陈妙一愣：“啥？”

“百川东到海。‘浦’这个字，给人一种归属感。”

陈妙其实没太听懂，但是为了哄老头开心，还是说：“好，特别好。”

赵四爷笑吟吟地说：“那等你跟赵兟有了孩子，就叫这个吧。”

陈妙本来没注意，顺口答着“行，好，没问题”，然而说完这话过了一两秒突然反应过来，不对啊！

她双颊飞红："呃，这是不是有点儿太早了？"

"不早不早，先定下来。说不定我老头子看不见那天了，但是名字，我已经早早地起好了。"赵四爷牵过陈妙那只没有受伤的手，轻轻抚着，"你就放心吧，我们家不会亏待你的，大家都是真心喜欢你的。赵犹有什么做得不好的，你就来我这儿告状，我去收拾他。"

陈妙连连告饶："您可别收拾他了，他真的做得特别好了。"

您可别收拾他了。

您把他收拾坏了，谁给我收拾屋子做饭啊。

赵四爷忽然盯着电视笑起来："你看赵犹的鼻子长得多好看。"

陈妙也笑了。

是啊，多好看啊，这么好看的鼻子，这么好看的人，都是她的。

她一个人的。

天气转凉，陈妙拆了石膏，却仍旧不能够随意活动。她也知道，原本自己只是在第二梯队边缘，努努力也许还能再往上走走，但这次这事一出，她就真的跟高水平运动员彻底绝缘了。

那座最高的山峰，她永远都攀不上去了。

说不难过是假的。

只是对于她来说，这更像是终于等到了迟迟未落的那第二只靴子。相对遗憾来讲，体会更深的还是安心。

陈妙也开始认认真真，在自己二十三岁这年，为以后的生活做起了打算。

也许要去上学，拿个文凭。

她想了想，觉得还是干点别的吧，毕竟她的文化成绩实在是一言难尽。

她正在搜索栏里打“创业项目”四个字，刚打了两个字，赵兟就进来了，还递给她一个苹果：“吃，别总玩手机。”

陈妙接过苹果啃着。

赵兟探过头：“你这是打算干点儿啥吗？”

“就随便找找。”

“我觉得开火锅店挺赚钱的，你可以琢磨琢磨这个。”赵兟随口一提，却没想到陈妙默默地记到了心上。如果他知道自己以后要陪着陈妙满城找好吃的底料找到吐，他可能就不会提这个了，只是这时候，他还什么都不知道。

“晚上有我演出，小园子的，你跟我去吧，热闹热闹。”赵兟摸着陈妙的头发，提议道。

陈妙略一思索，答应了，反正自己现在也是闲人一个，有的是时间。不过到了晚上的时候，她还是把自己围得严严实实的，因为不想被人认出来。

倒也没有很多的思虑，一是不想给赵兟惹麻烦，二是她自己本来就已经被外界强加了太多超过她业务水平所对应的分量的赞誉，要是再被人知道她跟当红的相声演员在一起，只怕是会被舆论反噬。

陈妙虽然在很多事上想不清，但在这方面也知道，越低调越好，越小心越好。

毕竟她总跟球队捆在一起，还是大家都那么重视的国球，球队把她作为一个正面宣传的点，她也得对球队负责任。

所以还是忍忍吧，反正离退役也不远了。

赵犇、陈妙和窦园很早就偷偷到了后台备场。三个人在最里面的一个小单间里打斗地主——这房间地理位置特殊，靠着路边，车声人声嘈杂成一片，但也不是十分喧嚣。窗外有棵大树，树影摇晃，带来点儿绿意。夕阳暖暖的，从玻璃窗透进来，屋里便被映得很明亮。

赵犇和窦园边打牌边对词，照样把地主陈妙打得落花流水。

陈妙："你们是不是根本没在对词，是在对暗号？"

两人在对《八扇屏》的词，已经到了最后一段贯口的前面几句，窦园再垫两句，赵犇再来一大段节奏分明、内容充实的古人事迹，这段就可以结束了。

窦园："那好，我说说你听听，想当初……"

赵犇："什么叫想当初哇？"

窦园："就是不是现在的事儿。"

……

“呵！还不理我！”陈妙气鼓鼓地洗牌，赵甝给她上牌。

牌还没洗完，窦园突然直起了身子：“失陪了二位，我得去大厅打个水，再去考察考察今天的上座率。”

陈妙在两人之间瞅来瞅去：“你俩不对了？不是还没对完吗？”

窦园端着水杯笑着说：“接下来是个贯儿（大段连续的台词），赵甝做梦都在背这个，就不用对了。你俩继续，玩抽王八吧，‘王八’晚上请客。”

“哟嗬，你倒是把自己择出去了。”赵甝也放下了手中的牌。

“嗨，你俩还不对媒人表示表示了？就您二位那个拙劲儿，没我还不一定拖到什么时候呢，这饭我吃得心安理得。”窦园推门出去了。

陈妙张着嘴反应了半天：“也对噢。那来吧，抽王八。”

“抽什么抽，不抽了，我这儿有东西给你。”赵甝起身去墙上挂着的挎包里掏东西，掏了好一会儿才拿出一个小首饰盒子，他走过来递给陈妙。陈妙打开，发现是根混着金线的红头绳。

赵甝去镜子前面拿了把梳子，过来给陈妙梳了几下，动作轻缓又温柔。他拢着陈妙的头发，她留了半年多，这会儿已经能全部梳起来了。

他把头发拢成一股，又取过头绳，绕了几圈，给她扎好。

他绕过来看她，陈妙原本总是散着短发，青青涩涩的，像个还在上体校的学生。

说起体校——陈妙直到初二那年才真正转去体校学习，之前一直没下定决心要走体育这条路，于是就学也上，球也练，结果就是球练得不太精，文化知识学得也不太好。

赵兟那会儿跟她情况也差不多，家里人一心拉他回去学曲艺，只是具体什么时候走，还没确定下来。

他俩上课也不听讲，就经常一起坐在最后一排打牌。

有一天陈妙没带牌，赵兟也没带牌，两人就用一上午的时间制作纸牌，然后下午再打牌。

那样闲闲散散的日子，真是一去不回。

那时候陈妙就这模样，脸也这样，一双眼睛蒙蒙眬眬的，总像是没睡醒一样。

他俩前桌的两人，男生的手腕上总是戴着一根黑色的发圈，女孩子的发圈丢了，就直接从他手腕上拽下来扎到头上。

看到那画面的时候赵兟就觉得，女生叼着发圈低着头，高抬着手扎头发的样子，真是太好看了。

他那时候也特别想有一个戴皮筋的机会。

只不过到了现在还是没有。

赵兟伸手刮了刮陈妙的鼻子："好看。不过就这一根，你可不许弄丢了。"

她红着脸："我自然不会丢的，这可是金的呀。"

“识货就好。”

陈妙抓着他胳膊肘，微微噘着嘴：“你是不是总给女孩儿梳头啊？不然，你手法怎么这么娴熟？”

“我手巧还不许了？你看我做饭摆盘多好看啊！我这就是天生的。”

“真的？”

“真的啊。”

陈妙笑起来，夕阳透过窗户打在她身上，金色的头绳闪闪发光，她的发丝也被阳光照成浅浅的棕色，她后背暖暖的，心里也暖暖的。

“我们队里呀，好多人都戴玉戴金子了，都是求胜的。我之前也买过，可总是戴不住，动不动就丢，所以打比赛也总是输。但这次好了，我也有护身符了。而且，”陈妙的声音突然变得扭捏起来，似乎有点小害羞，“非常非常隐蔽，非常非常有心，我也非常非常喜欢。”

“赢不赢不要紧了，开心就够了。估计现在赢比赛也不是你主要的快乐源泉了。”

“那现在是什么？”

赵铣神神秘秘地俯身到她耳边，声音甜得蜜里调油一般：“现在呀，是我呀。所以，打算什么时候嫁给我？”

赵铣想再给这棵小苗浇上一点水，让它再长快点，再早一点开花。

但是他也不介意等得久一点，再久一点。

他愿意把这辈子所有的耐心都倾注在她一个人身上，用所有的耐心，支撑着自己走过一段又一段的漫长岁月，去等到她那句“我愿意”。

转眼到了十一月底，陈妙作为场外助教指导了几场乒超联赛。

前几场倒是还顺风顺水，虽然有胜有负，但好在都在意料之中，结果尚都还可以接受。

直到到了这场。

陈妙所在的俱乐部碰见了势均力敌的老对手。双方比分咬得很紧，直到决胜局，依旧还是难解难分。刘焕然这会儿已经急得坐了起来，陈妙虽然还抱着手臂坐着，但也明显没那么稳了。

眼见着场上形势不对，她叫了个暂停。

对方的攻势被骤然打断，再回到赛场上时，陈妙一方的队员打了几个漂亮球，一度把比分追平。

可紧接着这个球——

眼看着对方发球擦网，可裁判却并没注意到，而这边的队员一个球回过去，几板下来，又打到了对方的身上。

这一分判给对方了。

陈妙当时就提出异议，几经交涉，裁判还是坚持了自己的意见。她再次申请重判，却还是没改变结果。一股气涌上脑子，然后就手脚不听使唤了，她站起来转身就走了。

比赛的结果还是刘焕然告诉她的。

刘焕然给她打电话:“你今儿这事啊,做得真是不对。就算裁判有错,你也不能说走就走啊,你走之后咱们队那个小孩儿心理一下就垮了,后来那两个球打得跟没魂儿似的,下了场抱着我就开始哭。”

陈妙在这边只能沉默。

其实她一出门就后悔了,但是也回不去了。她只能嘱咐刘焕然跟小队员转达一下自己的歉意。

“其实咱们倒是没什么,解释解释也就说开了。就是这事影响太差了,估计你过一阵子再回队,也得领点处分。”

陈妙长叹一口气:“我认了,确实是我错了。”

赵笕端着一听可乐路过,探着耳朵过来听:“我就说吧,你那个狗脾气肯定要出事。”

挂了电话,她也跟赵笕谈起来。

“别的不说,我就是觉得特别对不住人家孩子。都一个队的,她还是我师妹,哎呀,你说我这办的什么事啊……”陈妙把脑袋埋在抱枕下面,十分懊恼,“你怎么不早劝劝我呢?”

“本人虽然贵为你的人生导师,但是也深知有些路得你自己去走。人不吃亏,怎么能够长大呢?”

陈妙拿起一个抱枕扔过去。

关于这事,网上声音还不少,不过她的粉丝都比较理智,安安静静的，也没上蹿下跳非说自己的偶像有理。再加上她自己认错态度也比较良好，所以一部分人觉得确实是情有可原。但是也有一些人抓着这事不放，说陈妙能耐不大脾气不小，还拖累整个队伍。

陈妙看着这些话，觉得人家说的确实也是实情。

她能有今日，得说是七八分靠天赋。毕竟她算下来，正正经经在努力的时间也只有那么一两年，能走到这个程度，已经可以说是天时地利。

没拿得出手的成绩，就要躺平任人嘲笑了。

虽然可能大多数人都忽略了几个问题:

第一个就是陈妙就算再差劲，也是正儿八经打着大循环选到国家队的正式运动员。

第二个是，陈妙既然能一连当好几场的场外指导，就说明她这人在战略上还是有可取之处，并不像他们想的那么差。

只是她一点儿都不想给自己解释了，她深深体会到了隔行如隔山的无奈。

总有那么一群人，她靠实力赢的时候，说她靠运气；她一个人带着两个人的双打或者混双取胜，就说她是靠队友。

她翻着白眼儿想，也不知道是怎么招这帮人了，非得暗搓搓地在角落说几句冷言冷语，刺伤她的心。

不过大多数人还是好的，比如有一阵子没联系了的丁萌。

丁萌这人就很好。你看她虽然是赵兟他俩最早的几个站姐之一，可是人家从来不往是非里裹，做好自己的事，追好自己的星，别的跟她都没关系。

起初丁萌也很好奇陈妙和赵兟之间到底有什么，只是后来回到家里想想，人家的事和自己又有什么关系？

丁萌特拎得清，她跟陈妙是朋友，跟赵兟，也只是普通的偶像和粉丝。

所以朋友落难了，她还是要关心关心。

她把陈妙约出来，两人一起逛了逛，现在正坐在奶茶店里喝着奶茶。

“你这事是在俱乐部出的，要有惩罚也是俱乐部说啊，跟队里有什么关系？”丁萌问道。

陈妙一垂眼帘，下巴杵着奶茶杯的杯盖：“主要是我离退役也不远了，打不动了。我估摸着这次之后，教练啊领导啊之类的，重心就不会再在我这儿了。不过倒也正合我意，他们不这么做，我也会自己申请的，好资源还是要留给有需要的人。”

“哟，高风亮节啊。”

陈妙来回晃着脑袋，丁萌眼睛尖，一下就发现了那根头绳。

“新的？金光灿灿啊！”

陈妙伸手一拽，一头的青丝散开，她把发圈递给丁萌。

丁萌越看越觉得眼熟，她问陈妙：“你俩到底什么时候结婚？”

“啥？我跟谁啊？”

“小赵爷啊。”丁萌晃晃发圈，“这个纹路多特别啊，赵

下被拍到过戴这种编法的项链，不太长的一条，就在锁骨这儿。他皮肤还白你知道吧，那个项链一戴就显得特别好看。你现在去淘宝搜‘赵

丁萌凑过来：“你俩这是情侣款的？”

陈妙臊眉耷眼：“就是同一根。”

“啊，我说他怎么不戴了。”

“别外传啊。我俩打算等我退了再说，或者再等个什么合适的时机，反正不是现在。现在太多人盯着了，一点儿也不舒服。等我渐渐消失在大伙儿视线里，你们就只能盯着他了，那跟我就没啥关系了。”

“行行行。”丁萌抬头问道，“不过，你知道赵

第九章

又是家，又是属于你的人，就是家属

赵毓的麻烦，说来要比陈妙的复杂得多，一个处理不好，很可能就会因此被人抓住把柄。哪怕是几十年之后赵毓如愿成了一名老艺术家，也会被不懂事的人再把此事翻出来，说他艺德不佳。

更重要的是，赵毓其实并没有什么办法解决。

就比如你收快递，跟快递公司说没收到，快递公司还非让你附图，你就只能附一张只有一只空空荡荡的手的照片上去。

赵毓呢？

他也不能给大家拍两张脑部CT，告诉大家“我，是真没捋别人的活。看，这都是我自己的脑细胞”吧。

这种碰瓷的事，相声圈里也出了不止一次两次。不知道从哪儿忽然冒出这么一人，红口白牙地就说你这段的原作者是他，或者是你这个包袱是他原创的，你未经同意就捋了过去。

证据呢？

没证据。

上嘴皮子一碰下嘴皮子的事，那人说他原来也是在小剧场演出的，哪跟您似的有这么多影视资料，反正我有老观众可以做证。

这所谓的“老观众”就上得场来：“我能做证。”

别的不说，就是写小说的，这种事也屡见不鲜。

辛辛苦苦成书了，也冒出一人说，这是我写的，你抄我的。

如何抄？

不知道。

之前是否见过？

语焉不详。

再后来哪怕是这作者出了再多的书，风格再统一，也总有人要装作众人皆醉我独醒，出来说一些不咸不淡的话。

“那你怎么办？”陈妙很是担心。

赵鋐从沸腾的锅里挑了一筷子苕粉，眼观鼻鼻观口口观心：“还能怎么办，挺着呗。老头儿摆明了就是来讹钱的，他那么大岁数了，我哪好意思跟他撕破这个脸。”

“那你爷爷知道吗？”

“就那人，我爷爷年轻时就吃过他的亏。没想到算盘又打到了我身上，千躲万躲还是没躲过去。”赵鋐起身撇锅里的浮沫，“最近这网上也不知道是怎么了，乌烟瘴气的，又刮起一股特奇怪的风，说我跟窦园不收东西是装，破了祖宗的规矩，说民国那阵子的太太小姐追角儿，也是真金白银地往台上扔，就是唱戏的梅老祖、程老祖也没我们这么清高。”赵戠说得心烦意乱，“不说了，吃饭吃饭。”

陈妙哪还吃得下去？

赵戠和窦园好好地学本事，好好地做人，也不知道是呛着谁的肺管子了，被这么祸害，搞得他俩现在也不大敢找长辈出头，怕被人说他们欺负人。

除了忍，没别的法子。

陈妙一直觉得，做人要是通透灵巧到赵戠那个程度，可能就不用吃这么多的苦了。

只是他也有自己的难处。

赵戠好像真的忘了似的，认真地评价起火锅来：“这家好像没有昨儿吃的那家香。昨天那家门面虽然小，但是感觉炒料的时候加了什么特别的香料，所以客人并不少。等我下次领窦园去吃一下，他应该能吃出来，然后咱再回家研究研究。”

陈妙苦着脸：“我可能一时半会儿回不了家了，至少是白天看不见我了。”

“怎么呢？”

“我处罚下来了，被发配到后厨买菜去了。”

其实要说处罚，倒也不是很准确，毕竟这也是陈妙自己选的。

当时领导说："陈妙啊，你可以继续录教学视频或者是继续跟着队里做训练，再或者也可以闲着，待到明年，你看你也挺辛苦不是？"

"咱这儿哪有空缺啊？要不我去帮帮忙？"她当时略一思索，说道。

领导琢磨了好半天："要不你去买菜吧，食堂那边缺个采买。"

陈妙欣然前往。

赵骁这边惊得下巴都快掉下来了，好半天才说："你会挑吗？"

陈妙非常自信："练习，一定要练习。我跟我们食堂买菜的师傅很熟的，之前他是训练中心门口做酱香饼的，我那时候还从他那儿批发到我们楼里倒卖。后来由于本人有了新的事业，这条产业链就不得不忍痛转让给了小田。"

赵骁往锅里下青菜，边下边嘟囔："好嘛，你可快点回家待着吧。你们这什么领导，我都舍不得让我女朋友去买菜，他还让你去食堂当采买，我回头见了他肯定要跟他说道说道。"

第二天早晨，天还没亮，陈妙就从床上爬了起来。

赵骁迷糊着抓住她的腰："你干吗去？"

"工作啊，买菜去！"

他搂着她的腰，一把又摁回床上："不许去，你看外面多黑啊。你一个小姑娘，我不放心。"

陈妙挣扎了几下，赵骁确实是铁了心不想让她走，昨儿不过是哄哄她，但看来他还是低估了运动员的意志力。

两人没开灯，就摸着黑搏斗。陈妙确实没赵皝力气大，只能软着嗓子求他：“我都答应人家了，我们采购师傅再过一会儿就要在训练中心门口等我了。”

赵皝还是很坚定：“不行。”

“哎呀，求你了。”

赵皝开始找理由：“不冷吗？你看看，窗户都上霜了。”

“不冷啊。”

赵皝摇头：“不行，你不冷我冷，我离不开人，一戳就倒一碰就晕，万一你走之后我昏过去了怎么办？你可就再也看不见我了。哎不行，我现在眼睛就看不清了，我低血糖犯了，快亲我一口，让我甜甜。”

陈妙像张小毯子似的，铺在赵皝身上，她面对着他，背后是棉被。

她趴下，轻轻吻了吻赵皝的左颊。

“行了吧？”

赵皝的手抚上她的后背，钻进她的珊瑚绒睡衣里取暖。

“让我走吧，好不容易醒的，我这会儿又有点困了。”陈妙撒娇道。

“行吧行吧，走吧，我跟你去。”赵皝退而求其次，只得自己也忍痛起了床。

最后就是他二人和沈师傅会合的时候天已经稍稍发亮。

沈师傅见了陈妙：“你咋穿这么多？不热吗？”

陈妙确实没少穿，而且还围着一条厚厚的围巾，只露出一双眼睛，这都是赵兟亲自安排的。

赵兟上来跟沈师傅打招呼：“沈师傅，我是陈妙的男朋友，过来帮忙的，叫我小赵就行。”

陈妙本以为这段介绍会非常难以开口——既是物理条件上的难以开口，嘴被围住了；又是心理条件上的难以开口，她实在不知道怎么跟陌生人介绍赵兟。

没想到赵兟能处理得这么从容。

或许正常流程也应该是这样的，只是陈妙一直以来，都不大正常。

沈师傅举着手指：“欸，你看着面熟。你是叫赵什么来着，就两个先的那个，我不大会读。”

“兟，跟深圳的‘深’一个音。”

“啊，我想起来！”沈师傅一拍脑门，立刻伸着胳膊上前热烈拥抱了小赵，并把小赵后背拍得“啪啪”作响，“哎呀，你不知道！我们全家都特喜欢你！”

小赵一边咳嗽一边也热烈回应：“谢谢谢谢！”

沈师傅说：“有空来家里吃饭！”

赵兟说：“一定一定！”陈妙心想，要不您二位先聊着，我先去买菜了？

一行人到了菜场，映入眼帘的，菜比人多，陈妙却意外地觉得有生气。

这样的生机不在人的眼睛里，不在人群的喧嚣中，就在这些刚刚被采摘下来没多久的新鲜蔬菜中，刚刚被打捞出来没多久的活鱼活虾中。

陈妙看到哪里都有绚丽的色彩，翠绿的青菜，水绿的菠菜，瓷白的萝卜，一层又一层没有尽头的卷心菜，高矮胖瘦都不太相同却都叫蘑菇的香菇、金针菇、杏鲍菇，东北老黄玉似的泛着莹润光泽的黄椒，旁边紧挨着的就是红得轰轰烈烈却并不刺目的红椒。

虾是青的，长长的须子向外延展，肚子被薄薄的壳包裹着，像是一块上好的玻璃种。螃蟹是那种带着土色的深绿，被绳子一圈又一圈地紧紧扎好，小眼睛冒出来，还滴溜溜地四处看，偶尔也委屈地吐出几个泡泡。

沈师傅和赵鯱，挨家挨摊地走，挑菜买菜结账。

陈妙就跟在他们后面，他们停下脚步，她就开始四处张望；他们要走了，她就抓着赵鯱的羽绒服帽子，防止自己跟丢的同时继续张望。

市场的末端是卖调料的。

陈妙愣愣地看着，觉得这些八角啊、茴香啊、胡椒啊、白扣啊——它们的味道都沉沉的，一钻进鼻子里，并不是往头顶上冲，比如日本料理常用的芥末，那味道就是直接冲向头顶的。

这些中国调料并不，它们的香气会沉到人的心底，顺着鼻子，游过胸腔，直奔一个并没有味觉系统的心脏。

有人能在这味道里闻到曾经的老宅子，有人能闻到市井的张罗和吆喝。

陈妙深吸一口，觉得自己先是看到了过去，然后又闻见了未来。

未来如果真的开家火锅店，自己也是要每天和这些可爱的小家伙打交道的吧！

她这么想着，四下里去找赵铣，却只找到一个沈师傅。沈师傅正从老板手里拿过来一大袋干辣椒。

“沈师傅，您看见小赵了吗？”

沈师傅回头瞧瞧：“他刚才说那个虾看着挺好的，自己又折回去买了。说你看得眼珠子都掉上面了，回家不做了吃的话，也能养着陪你玩儿。”

陈妙十分羞愧地低下了头，甚至希望自己不在这里，而是在坑里。

赵铣为什么什么都跟外人说啊！

虾为什么会陪自己玩啊！

这到底是什么奇怪的行为啊！

不行！这次的虾是万万不能留的，务必要全部吃光！否则下次姜春和他们去了，肯定会说——

“哟，这就是您饲养的宠物虾吗？都长这么大了，阿姨抱抱。”

这画面太美简直不忍直视。

正想着，赵兟就跑了过来，拎着不少的东西。

沈师傅说："你真是没少买。"

赵兟笑了笑:"一会儿再给我爷爷那边送点儿,早上的菜确实新鲜。"

陈妙一个错神儿，自己就又拉着赵兟的羽绒服帽子，跟个小朋友似的乖乖地跟在他身后了。而赵兟就像是她爸，正在跟另一位小朋友的家长，讨论这虾到底怎么做才好吃。

太阳已经出来了，阳光和煦地洒在他们仨身上。陈妙盯着赵兟后背看着，笑了，她觉得自己并没爱错人，她喜欢的这个男孩真的是非常可爱了。

回食堂之后，赵兟又帮沈师傅搬了几趟，最后沈师傅和陈妙进门，他挥着手跟他们说再见。

"陈妙小朋友今天在幼儿园也要听话哦，下了班我会来接你的！"赵兟叮嘱道。

陈妙摆摆手："你好烦啊！"

你好烦啊！

但一定要记得来接我啊！要不然别的小朋友都被接走了，剩我一个，我会很难过的！

赵兟挥手挥得很大劲儿，陈妙生怕他把手腕上那块表甩下来，但还是笑着挥了回去，而且劲儿更大。

这样和陈妙一起早起的日子，赵兟一过就是几周。这几周里他虽然没有外埠的演出，可小剧场的邀请也一直没断。他常常攒底（指的是演出的最后一个阶段或最后一个节目的演出），基本上散了场、签完名、合完影，怎么也得晚上十点了，折腾到家将近十一点。演出的激动劲儿哪是那么一时半会儿能过去的，虽说陈妙总是拉着他十二点前就上了床，但经常是到了一点多，赵兟还在盯着天花板发呆。

他这人不能在早晨安排事情。

一旦知道第二天一大早有事要做，那他头一天晚上准睡不着。

晚上缺觉，早上早起，赵兟就只能抓紧白天的一切时间睡觉。从前还能跟窦园在路上对对词，现在都是他买完了菜，就立刻奔赴窦园家，把窦园从甜梦中唤醒，然后从被窝里把窦园揪出来，两人就开始对词。

窦园经常是迷迷糊糊对完了词，赵兟走了，他就睡了，睡了再醒过来，还以为那是个梦。

赵兟睡不着，却也不翻来覆去地瞎折腾，是非常有睡眠品格的一个人。

但陈妙实在是睡相不好。

他从前怀疑过陈妙这屋是不是有什么不干净的东西，因为自从自己在这儿住了，十天里有三天是在做噩梦，梦见被人追，梦见喘不上气，梦见溺水……醒过来就手脚发麻。

这回他是真的知道原因了。

十二点零五分，陈妙一掌拍在他的胸口。

十二点半，陈妙侧着身骑在他的身上，压得他肚子生疼。

一点零二分，陈妙死死地箍住他的一条胳膊，淌出来的哈喇子洇湿了他的短袖。

至于抢被子这种操作，他已经不屑于去记录了，太过平常，没什么价值。

赵蚺一边一点一点地从陈妙手里抽出被子，一边小声地念叨：“这也就是你，要是换个人我俩早就上下铺分床睡了。”

赵蚺的黑眼圈越来越重，但还是尽量在陈妙面前显得精神抖擞。

陈妙这天起床，顺手就把床头灯打开了，摁着赵蚺的肩膀，凑得极近地去看他眼睛。

“你这血丝，还有这眼睛，都累出眼袋了。”

“去你的眼袋吧，我那个是卧蚕长宽了。”

陈妙摁着他：“今天不许去了，好好睡觉。”

“那你也不去吗？”

“我是要去的。但是我一会儿跟沈师傅说一声，我不帮他择菜了，一会儿直接回来，给你带点早饭。”

赵蚺摇头：“那不行，我还是不放心。你要去的话，我也得跟着去。”

“我都这么大一人了，再说沈师傅你不是也知道，是个好老头。”

“是，他是好老头。我是怕你跟卖菜的吵起来，你脾气跟炮仗似的，一点就着。”赵犊抬起手想揉眼睛，却被陈妙挡住。

“别揉了，都红成什么样儿了，我去给你找点眼药水。”

说完她就下床了，去客厅拿了眼药水回来，赵犊伸手想接，却被她躲过：“我帮你滴。”

赵犊卧着，陈妙轻轻向上撑开他的眼皮，滴了一滴下去。他眼珠转转，陈妙又换了另一只眼，也完成得相当顺利。

他闭着眼睛转眼珠，陈妙看着他，突然很惊奇：“欸，你的两只眼睛，双眼皮不对称欸。”

“嗯，天生的那种，其实很多人的都不对称。窦园的也是，一边宽一边窄，一睡不好就特别凶。”

“而且你滴眼药水都不怕的，感觉你眼睛周围的肌肉都不紧张。”

“怕什么，你给我滴跟我自己滴一样，有什么可紧张的。”赵犊勉强睁开眼，拉着陈妙的手，“要不你请一天假吧，就一天，就跟沈师傅说你家属小赵病了，得陪护。”

“家属”这词，一下子就说到陈妙心里去了。

又有家。

又是属于你的人。

就是家属。

家属小赵还在磨她：“我也没仗着自己是病号，你看我确实是需要休息嘛，没有你我睡不香。”

这是实话。

赵眈一个人睡的时候确实是舒坦，没有那么多的“飞来横祸”。可两个人住的时候，他总是觉得非常安全，像是四面八方都是温暖的棉花，可以抵御一切寒气。

赵眈拉着长声：“求——求——你——啦！陪——陪——病——号——嘛！”

陈妙被他说得心软了，于是就真的跟沈师傅发了消息，然后关了手机，钻回被子里。

这一觉睡得特别香，两个人都是，而且很长。

长到什么程度呢？

再起床的时候，赵眈第一句话问的是：“你晚上想吃什么？”

赵眈的粉丝们最近忙着辟谣，几乎跑断了腿，又是转发抽奖又是搞公益项目的，个个都很忙碌。不过也总有人在大伙儿都忙着的时候搞事。

比如粉丝小薛。

小薛姑娘是赵眈的早期粉丝，一直以来在圈内的地位也比较特别。

她是给正主送奢侈品成功的第一人，也是为数不多几个被收下了，还没被用以物抵物的方式抽奖返退的。

所以身份贵重。

主要也是那时候赵犹和窦园都还没什么名气。也不对，是赵犹还没什么名气，毕竟窦园从刚出道开始，就是女孩儿们的掌上明珠了。

小薛姑娘是在三四年前，送了赵犹一个镯子，某奢侈品品牌的，虽然一直没见他戴过，却也总是暗暗觉得自己跟其他的站姐是不同的。

一旦这么觉得了，这事也就毁了一半了。

陈妙这天正跟刘焕然在训练馆里站着聊天，电视台的记者来做日常采访，看见陈妙她俩，就过来打了个招呼。

记者先是问了刘焕然最近的训练状态，又问了问备战计划。

陈妙一直站在旁边傻笑。

记者问道："你的伤恢复得如何了？"

"好了，我现在都能去后厨帮忙了。"

小薛越看这段视频越觉得不对劲儿，她倒回去看一遍，又看一遍，越看眉头皱得越紧。

陈妙戴的这个镯子好眼熟。

陈妙的发圈也好眼熟。

这陈妙到底是何方神圣？

丁萌是在晚上吃饭的时候刷到这条抽奖微博的。那时候她刚做完实验，满脑子的参数指标，本想着看看视频换换脑子，却没想到看到这么个玩意儿。

小薛在超话里上蹿下跳，说赵兟私联粉丝，而且有实锤，说陈妙蹭赵兟热度，十八线运动员意图借此上位。

丁萌看得嘴角直抽抽，她觉得小薛真是一点儿都没扒到点子上。

陈妙和赵兟是发小，这很多人都知道，早就有人说过就算是他俩谈恋爱了也并不奇怪。赵兟和窦园的人气确实是非常高，但陈妙那个脾气，丁萌知道，她是百分之百不会想要借着赵兟的力往娱乐圈里面挤的。

别的丁萌都知道是怎么回事，只有这个手镯，这就让她有点犯嘀咕了。

她是相信赵兟不会拿着粉丝送的东西随手送人的，只是他俩那么近的关系，说不定就“你的就是我的，我的就是你的，不分你我”了？

丁萌又不太敢直接问。

到了晚上九点多，这事的热度越来越高。小薛的抽奖里，主楼的奖品总价就有七八万了，更别提还有些黑子跟风加价，在下面跟着往上加价的。

丁萌觉得这可就有点不对了，她给陈妙打电话过去的时候，陈妙正在睡觉。

是因为早上加上午的工作量过大，她经常一个不小心就能从中午直接睡到晚上。

陈妙在梦里打了个喷嚏，喷了自己满脸，然后就接到了丁萌的电话。

丁萌如此这般那般地把事情说了一遍，然后问："你那个镯子到底是不是赵甦给的？要不是的话，我也许能帮你说说话。"

陈妙捋了好半天才把事情捋清，不过有一点她是可以咬定的——镯子，肯定不是赵甦送的，而是她师姐姜春和前一阵子收拾破烂不要，扔给她的。

陈妙晃晃脑袋，清醒清醒："我俩那天的聊天记录还有呢。我当时还不乐意要，跟她扯了好久。"

丁萌说："一会儿你发给我，我帮你澄清澄清。赵甦干吗呢？怎么没见他跟窦园的团队吱声？"

"他俩在飞机上呢，得半个小时之后才能落地。"

"这时候有个工作室发声明之类的还是挺重要的。别人信不信不说，至少他们得有这么个话。"

陈妙又倒在床上："太难了，做男人难，做个有名的老男人更难。"

接下来就是一番抽奖的搏斗了。

丁萌联系了几个相熟的大粉丝，把这事的来龙去脉说了一通，几个人都对莫名其妙被卷到这事里的陈妙表示了十万分的同情，并开始着手制作图片，凑抽奖的礼品。

丁萌:"我先说,我捐20支试管,国家重点实验室的试管,转发过万,加送小白耗子一只。"

大粉丝小a："我家还有上次咱们给小赵爷做的那批周边，就'宇宙最甜捧哏’的那个毛巾，咱们可以抽 10 个。”

小 b：“我有配套的搓澡巾，也抽 10 个。”

小 c：“我有一次接机，那会儿还正在考研，就拿了两本复习书去签名。我愿意把我珍藏了一年半的，赵哥哥和窦哥哥亲笔签名的《高等数学十八讲》《线性代数九讲》一样一本拿出来抽奖，虽然是做过了的。但是我以我 400+ 的考研成绩保证，书是开过光的，赵兟、窦园、张宇，都是我心中的偶像。”

……

丁萌对着电脑，事是挺严重的事，可人都是挺可爱的人，愣是把她笑得喘不上气来。

她的澄清微博发了没过半个小时，转发就已经破了五万，紧接着就是窦园想起了微博密码，他都一年多没登了，这会儿忽然发言——

是一条转发。

转的是自己粉丝转发小薛姑娘的那条“贵圈真乱，抱走我家窦园”。

窦园转了，并且留言：“别抱走我，我愿意在里面搅和。”

赵兟工作室的声明发得比较官方，但也说清楚了事实，那就是赵兟和窦园二位从未变卖或转赠粉丝赠送的任何物品。

文字方面很正经，配图却很皮，是赵兟和粉丝送的指甲刀、勺子、手机壳的合影。

赵兟编辑了好久的一条微博，始终没发，在主页面和草稿箱里盘桓许久，他还是决定跟陈妙先来通视频电话。

陈妙正在刷牙，硕大的一张脸跃入屏幕，嘴里含混不清地说：“你到了？吃了吗？”

“吃了。”

“那你早点睡，拜拜，挂了。”

赵毵连忙说：“别忙着挂啊！有事跟你说呢！”

陈妙鼓着腮帮子漱口，点点头。

赵毵看似漫不经心，实则特别在意地问她：“你现在除了在后厨帮忙，在你们队里还有别的活吗？”

陈妙涂了满脸的洗面奶，正在搓搓搓：“还有，嗯，我想想，还有就是，偶尔也当当木村早苗的替身，跟小队员对打。现在队里跟她打法比较像的其实有两人，另一位自己也有日常训练项目，我就闲一点，所以有空能当陪练。”

“那你这算是，退居二线？”

“不是吧。”陈妙继续搓搓搓，“你见过哪个二线运动员去后厨帮忙的？我这就是快撤了，再发挥点儿余热。”

“噢。”赵毵有点迟疑，“那你觉得今天这日子怎么样？”

“挺好的啊，今天的风儿也格外喧嚣。”

“那我要是今天和大家说咱俩的事，你觉得怎么样？”

陈妙想了想，点头：“说呗，没意见，记得抽奖。我看他们抽奖抽的东西都特别有意思，我都用小号转了。”说完就低头洗脸。

赵兟觉得她好草率，同时又有一种得到了名分的满足感。

窦园推门进来，端着一碗泡面：“还在说呢？说没说到正题啊？实在不行我帮你吧！”

赵兟转过头去：“吃都堵不住你的嘴！”

窦园拍自己一巴掌：“嘿，瞧我这张嘴呀。”他晃晃悠悠地出去，嘴里还在念叨，“一杯你开胃，我喊了一声美；二杯你肾不亏，哈哈，还是美……”

陈妙这边已经擦完脸，开始抹保湿霜了，她看了看屏幕，笑了一下:“还有事吗，没事我看电视去了。”

赵兟特好奇。他好奇自己跟陈妙求婚的时候，她是不是也会这么淡定地点头：“啊，知道了。还有事吗？没事我看电视去了。”

赵兟有赵兟的弱点。

陈妙有陈妙的长处。

他俩很多性格特点好像都生得相反，只是恰好，又那么合适，就像把一张纸撕成两片，连毛边儿都能清清楚楚地对上。

赵兟说：“你去吧。”

然后陈妙就把电话挂了，连个“再见”都没留给他。

窦园瞧着两人似乎是谈完了，又进来了，还带着自动续播功能呢。

“三杯五杯下了肚，保证你的小脸儿哟，白里透着红，红里透着黑，黑不溜秋，绿了吧唧，蓝哇哇的，紫不溜丢……”

赵兟在晚上十一点半，发了这条微博——

红绳是小学二年级的陈妙编的，金线是在下亲自托人混的。镯子不是我送的，但陈妙这人，确实是我的。十八线相声演员跟十八线小运动员是真的。

上台鞠躬

烦请诸位明公手下留情

（转发抓 50 个幸运小朋友送窦老板和我共同完成的新年福字；抽 30 个小朋友送窦老板手书对联；抽 2 个小朋友送陈妙及小薛送我的那个同款手镯。后天中午十二点开奖）。

并抄送了微博抽奖平台。

窦园跑得比粉丝还快，他第一个转的，并评论：“大家别受他蒙骗，他除了盖章，什么都不会。‘福’字都是我写的。”

赵兟长舒一口气，他觉得自己完成了一件十分重要的事情。这事比他曲校毕业重要，比他首次登台重要，比他第一次入围曲艺牡丹奖重要，比他人生一切重要的事情都要重要。

他追得最漫长的一个梦，如今终于可以真真切切地告诉所有人，这梦，实现了。

年关刚过，冯冠今就又要走了，只是这次要带着他爸去，再也不回来了。陈妙头一天晚上想了好久，还是决定问问赵䶮。

“明儿冯冠今走，你知道吗？”

“知道啊。”

“你们什么时候关系这么好的？”

赵䶮一摆手：“事情说开了，该是朋友还是朋友，真跟他翻脸我也舍不得。”

“那你去送他吗？”

“去啊。”

“噢，那没事了。”

陈妙和赵䶮到机场的时候，冯冠今恰巧也是刚到。冯冠今的爸爸看见他俩很是高兴，连连说好久没见这俩孩子了，尤其是赵䶮。

冯冠今笑着说：“爸您都不看电视的，赵䶮现在很火的。”

冯爸爸原来也是十分英姿俊朗的人物，只是因为大病，如今形容枯槁、面色如纸，看起来非常憔悴。

赵䶮看着冯爸爸，心里特别酸，又想到老头以后就要跟着冯冠今去那人生地不熟的地待着，语言又不通，又没老朋友，他这眼眶就止不住地发热。

陈妙看他吭哧半天都没说话，就知道赵䶮这是在难受，于是连忙上去握住老头儿的手说：“冯伯伯要是在那边不称心如意了，或者冯冠今工作忙了，您就回来。我反正已经退役了，闲得很，到时候我去老年大学兼职教个课，您就去报名。等到他忙过了，天气好了，再回去。总在一个地儿待，怎么也会闷，四处逛逛就会好很多。”

还是陈妙会哄人，听完这话老头儿就笑了：“你有这个心伯伯就知足了，就是我身体不行，禁不住折腾。这次要走，也是考虑好久才下的决心。”他又转头对冯冠今说，“你们年轻人聊吧，我先进去安检。”说完就背着手，一步三摇地走了。

冯冠今看着赵铣和陈妙：“你俩好好的。”

陈妙笑着推了一把他的肩膀：“师兄今天穿得真帅。”

赵铣有点缓过劲儿来，跟冯冠今说：“你放心，陈妙我会照顾好的。”

“你自己也照顾好自己，”冯冠今嘴角翘翘，“人红是非多。这方面我是真的帮不上你，只能祝你好运了。”

“师兄也是，”陈妙插言，“注意身体，别太拼命。你琢磨琢磨我，现在跟天气预报似的，一遇到阴天下雨就浑身疼，想了想其实何必这么拼命呢？我现在都觉得，当年要是能在省队待着也挺好，至少不这么遭罪。”

冯冠今低头看看手表：“也快到点了，我走了。”

陈妙和赵铣跟他挥手说再见。

走了几步，他又忽然站住，回头：“你俩……多记得点儿我的好。”

“这还用你说？”赵铣大声回道。

陈妙也笑了：“我俩心里啊，你都好绝了，世上再没你这么好的人了，快走吧。”

冯冠今笑了起来。

这个笑，陈妙记了很久很久，回家的路上只要稍稍一闭眼，也都还是冯冠今的这个笑。

赵兟开车，两人穿过隧道的时候，他忽然说：“你说这冯冠今，他那个牙，小时候长得怎么这么快？我记得咱们那一条街，就数他牙长得快。”

得，赵兟也还在想他。

陈妙认真思考这个问题：“可能是因为，他比咱们都稍微大点儿？”

“那也没大几个月啊。他个儿长得也早。我们其他人都跟小泥人似的时，人家就已经干干净净、利利索索，是个漂亮的小男孩儿了。我那阵子就想，什么快板啊戏文啊，里面说的那种威风凛凛的或者是长身玉立的青年什么的，是不是就长这样？”

听到这话陈妙想起一事，笑个不停，边笑边说：“欸，你是不知道，我听我爸说，我小时候去球队训练，回来之后，呃，我那阵子，可能五岁？已经会写很多字了，天天趁着我爸我妈不注意，在墙上用铅笔写：我想成为冯冠令。对，就是今多个点儿的那个令，我当时小，分不清‘今’跟‘令’。我爸就问啊，说妙妙你想当冯冠令干吗啊？我就说，他长得好看，大长睫毛，球也打得好极了，我们教练天天夸他。”

赵兟也跟着笑，笑陈妙那时候好玩儿。

车开出隧道，明媚的春光射下来，照得四处都是一片金黄。

“我小时候就不乐意吃饭，我爸那阵子天天打快板哄我，我妈就说他，说他一吃饭就把要饭的家伙什儿拿出来。我爸也没办法，架不住我不吃啊。”陈妙讲得绘声绘色，“后来每次我再闹着不吃饭，我爸就说，冯冠今来了，冯冠今不喜欢不吃饭的小姑娘。我当时可没出息了，一听这话我那个饭碗端得比谁都快，吃得比谁都干净。”

“师爷为什么不说我去了？”

“你那阵子哪里在啊？”

赵甝停顿了一下，眉头一皱：“我当然在啊！我还不会走就被抱着去你家串门了，我还去你们队里看过你训练呢，那时候也就五六岁。”

“那就是六岁。”陈妙狡辩。

“不对，”赵甝扬起右手，单手把着方向盘，“是五岁。我想起来了，有张照片，照的是你跟我，我站在那个挡板外面看，你在里面打球，背面写的就是‘摄于甝甝五岁’。”赵甝那个委屈劲儿一下子就涌上来了，“你就记得冯冠今，连我都不记得。明明都是一起长大的，那你知道我六岁的时候干了什么吗？”

“六岁……六岁？”

“七岁呢？”

“七岁大概是多大，一年级吗？”

“八岁呢？”

“八岁我记得，你抢我手工课成品，我的红头绳。”

“这还是我告诉你的吧？你还记得那时候咱们手工课老师是男是女吗？”

“他……呃，女，女的？”

“男的！”

赵𬳽要不是还在开车，只怕是这白眼已经飞到了车顶棚。

陈妙小心晃晃他的袖子：“不要生气了，要不我明儿开始写日记？”

赵𬳽不说话，陈妙以为是自己的想法太幼稚，导致他在心里疯狂吐槽，占用了脑容量，一时之间说不出话来。

她刚想再次开口，赵𬳽就接话了。

“你等着。”

然后下一句是：

“一会儿回家，我就去给你买本子。以后每天我都要监督你写日记，你要是感情不充实，语句不通顺，每篇写不够五百字，我跟你没完！”

第十章

你终于同意了我的求婚

赵铳最近总是托着腮帮子做沉思状，不知道的还以为他又在思考人生大事了。可窦园知道，他这是智齿发炎了，腮帮子肿得疼。

赵铳十分苦恼：“不想拔牙。”

窦园从报纸后面露出一双眼睛：“你啊，纯粹是自己作的。没见过谁连吃那么多顿火锅能不上火的。”

赵铳约了牙医，按理说现在应该出发了，陈妙也正在满世界地抓他，他却跑到窦园家来躲着。

窦园觉得赵铳就像是想逃避打针的猫，拼命面向墙角站着，最后还是会被大夫拎着后颈提起来，拉去打针。

陈妙这么一会儿已经打了四个电话了，他都悄悄摁掉了。

她又开始给窦园打电话，窦园刚接起来就递给赵铳：“找你的，别躲了。”

小猫被出卖，终究还是落到了兽医的手上。

赵犹一路上一直摇着陈妙的胳膊求她：“能不能不拔啊？能不能就先上点药这样子？我是真害怕。”

陈妙鼓励他：“加油加油，不会很疼的，真的。”

到了牙医诊所，赵犹一看见医生那明晃晃的刀、疯狂转动的钻头，腿肚子一下子就软了，说了声“打扰了”拔腿就要溜。陈妙一把拎住他领子，对着医生笑容可掬地说：“麻烦您了。”

赵犹隔壁床是个小孩儿，正被妈妈、奶奶合力摁着，大张着嘴，哇哇地号。

医生就在旁边，举着工具戴着口罩，正在寻找一个合适的时机，对小孩儿的虫牙施以降维打击，争取一击毙命。

再看赵犹这边，陈妙拽了张小圆椅子趴在他身边看，时不时还跟他的医生交流：“他这个牙是发育不全吗？噢，这个叫阻生齿是吧，横着长的。”

医生说：“我们现在的方案是把他这颗牙，先切成两段，然后一段一段地拿。因为看牙片的话，里面的神经长得也算是比较复杂。拔完之后，一会儿你领他去门诊打点滴，就跟那儿的医生说刚拔了牙，他们就知道该开什么药了。打三天，防止发炎。”

赵犹抓着陈妙的那只手都在发抖，还要打针？杀了他算了！

恰巧这时旁边的小孩儿哭道：“妈妈，你杀了我算了！”

赵犹瞥他一眼，眼泪都流回心底了。

赵铣的医生边操作边解释道：“这针是麻药。”

陈妙：“打麻药疼吗？”

“还行。”

赵铣张着嘴，心如死灰地等着这针。

不过还好，麻药起效之后，他也就没什么感觉了。医生在他嘴里叮叮当当地敲，赵铣就想：我要是能挺过这劫，马上就登记去，大难不死必有后福的后福名额千万不能浪费了。

接着陈妙领着娇滴滴的赵铣拔了牙，打了消炎针，就把他带回了家。

回到家后，赵铣往床上一躺：“不好，我觉得我这半边脸，有知觉了。”

陈妙坐在床边啃苹果，咔嚓咔嚓的。

“你能不能稍稍收敛一点？”

“那我去客厅吃。”

“那还是别了，坐着吧。”

陈妙看他一眼，递给他一个枕头：“你最好躺高一点。要不然血水流到嗓子里，容易呛到。”

赵铣现在不光流血，而是快要流泪了。

时间过得飞快，夏天又来了，有蝉鸣有鸟叫，还有无边无际澄澈的天空和不知疲倦的炙热骄阳。

两人正躺在阳台的躺椅上晒太阳。

赵筑优哉游哉地开口道："你下午还有事吗？"

陈妙拿出手机看了看："有，我下午去看看姜春和的侄子，琢磨琢磨他到底适不适合打乒乓球。"

"姜春和呢？"

"她说她看不出自己家孩子有没有能力，她始终觉得她侄子是世界冠军的料。"

"嗨，也是，"赵筑咽了咽口水，"谁家孩子谁不疼。那晚上呢？"

"晚上爷爷说要来店里瞧瞧，我陪他老人家吃饭。"

爷爷，自然是赵筑的爷爷。

店里，自然是陈妙刚装修得差不多，还没对外营业的火锅店。

赵筑看向陈妙："那你打算留我一个人在家？"

"筑筑，你已经是一个成年人了，要学会自己照顾自己，加油噢！"

赵筑转过身去，默默生气。

陈妙懒得管他，捧着手机跟姜春和聊得热火朝天。看到没人理自己，赵筑又转过来，很郑重地宣布："我生气了。"

"生您的呗。"

"病人很需要照顾的，你不知道吗？"

"知道啊。"

"以前你受伤的时候，我都是怎么对你的，你个负心汉。"

陈妙掰着手指头数："在我受伤的时候天天跟在我身后转来转去，

搞得我经常撞着你；我手不好使的时候天天给我梳头发，但是天天都会掉一绺儿；我回队里做复健的时候跟我赌气，说听我叫唤太疼了，非不让我去，威胁我要想去就自己去，最后我坐着狗骑兔子（三轮摩托车）回去的。还有……”

赵兟深呼吸，深呼吸，不能跟她置气。

赵兟咬着嘴唇，无比幽怨地瞪着陈妙。

他跟陈妙谈恋爱的心路历程，堪比一位贤良淑德的古代女子。最开始，面对冷漠无情的丈夫，这位女子只能选择哭泣；后来渐渐地，丈夫回归家庭，她尽心尽力地伺候，希望能落得一点美好的回忆；但最后人家还是依旧冷漠无情，而且是十分冷漠无情。

赵兟终于变成了一个怨妇，估计再过两年，就要往泼妇的方向发展。

陈妙：“你瞪我干吗啊？那么大个眼珠子，挺吓人的。”

“就瞪你。”

陈妙觉得自己回到了小学课堂，两人跟个小孩子一样毫无营养地互相顶嘴。

赵兟：“你是猪！”

她莫名其妙，张着嘴愣了半天，也气势汹汹地说：“反弹！”

“反弹无效！你就是猪！”

她怀疑自己这是领了个什么东西回家？这人，到底长没长大？

“保护膜！”

“反弹！反弹给猪！”

“猪也反弹！”

“再反弹！陈妙，我忍你不是一年两年了，不，是十年八年了，我今天就要大声宣布，你就是猪！”

赵毓拔牙之后的一周后，好不容易从这巨大的痛苦里缓过劲儿来，勉强能够恢复日常饮食了。现在他心里就一个字：馋。

想吃肉，想喝酒，想使劲地啃骨头。

当然最后一样差点儿劲，不过前两项还是可以酌情予以批准的。

鉴于赵毓说自己现在看见辣油，甚至是看见红色，都会忍不住牙疼，陈妙只好老老实实地陪他吃清汤锅。两人往锅里下蘑菇、生菜、面条，搞得跟吃热汤面似的。

陈妙一挑面条：“你听没听过小赵的故事？”

“小赵什么故事？”

“从前有个小孩儿叫小赵，”她接过赵毓递过来的空碗，“他不会自己挑面条。”

“后来呢？”

“后来他饿死了。”

赵毓已经习惯了，只要能让他吃上饭，愿意怎么死怎么死，反正那个小赵不是他。

两人从最近的体坛快讯聊到娱乐圈快讯，从周边房价说到空气污染。幸亏这时候夜已经很深了，否则旁边要是有人的话，肯定以为这儿坐了两个暗访组的，下凡来体察民情。

陈妙这火锅店，门面也不大，小小的一间，大概也就能摆十桌。赵铫大概已经预料到她亏钱的惨淡未来了，但是架不住她一门心思想开，那就由着她来吧。

小赵少爷心中，真正能红火的店，那一定要开在繁华地段，搞精装修，还要推企业文化，最好还有点儿文艺表演什么的。

陈妙这人就比较朴素，朴素到她连赵铫和自己的名气都不想借。

刘焕然也问过她为什么，她给出的答案也非常务实：只是我开的，又不是我亲手做的，奔着我俩来了，又不一定能见到我俩，就是吃个饭，好吃才是最重要的。

而且陈妙始终觉得，远在天边的偶像，是永远没有身边至亲至爱的亲人朋友重要的。饭就该是饭，吃吃饭聊聊天，这是大于一切形式的，最具意义的事了，就像她跟赵铫现在这样。

陈妙添了点儿汤，又去厨房拿了一盘羊肉，边涮边问："窦园呢？窦园怎么没来？"

赵铫支支吾吾地说窦园有事。

"大晚上的有什么事，奇怪了。"她刚刚喝了半瓶啤酒，这会儿就已经有点发晕了，赵铫却还张罗着干杯。她摆摆手，"你自己来吧，我今儿不想喝多。”

“自己来多没意思，来来来，饮尽杯中酒，谁不喝完谁是狗。”

“你真够幼稚的。”说着陈妙也喝完了自己面前剩下的半杯。

之前的教训被她全然抛在了脑后，所谓不能找比自己酒量好的男人的重要指示言犹在耳，她自己却又被赵铣三言两语劝得连干了三杯两盏，败下阵来。

陈妙打了个酒嗝。

赵铣问：“面条你吃不吃了，不吃给我，我没吃饱。”

“你拿去。”说着她就把手伸进了杯里，沾了一手的啤酒。

“得得得，您别动了，我自己拿自己拿。”赵铣已经不指望陈妙能干啥了。

“自便吧你，我趴一会儿。”

“你别睡啊，醒醒。”

陈妙不乐意地哼唧：“又没有什么事情等着我去做，我凭什么不可以躺一会儿？你说，有什么事吗？没有！”她斩钉截铁地对自己这个问题进行了回答。说完她就趴下了，发间的头绳闪闪发光。赵铣坐她对面端着碗吃面条，吃着吃着也停住，放下碗，又把她的手牵过来。

陈妙个子高，手却很小，手指不长不短，只能说是刚刚好。因为最近吃得有点多，再加上运动员退役之后惯见的体脂反弹，她这只手稍微有点儿圆圆滚滚的，看不见清晰的骨节。

赵粜看着这手，又翻过来看她手心。

他并不会看手相，只是觉得她手心的纹路繁乱庞杂，像是认认真真地在手掌上刻写了自己的全部心事。

赵粜看了很久之后才从包里掏出一支笔来，在她左手的无名指指根处，小心翼翼地画了个环。

陈妙想抽回手去，因为她忽然觉得有点儿痒，却没抽得动，只能抬起头来特不高兴地追责：“你干吗呢？”

此时她脸上还带着红晕，挑着眉毛皱着眉头，一副被打扰了的模样。

赵粜慢慢地画完了，握着陈妙的手，抬起头来，冲她笑了笑：“要不，考虑考虑，嫁给我？”

陈妙抽回手来好好端详，脸上已经有了抑制不住的欢喜。

“哪有这么敷衍的啊，好歹给我弄一带钻的啊。”

赵粜又笑：“钻的易得，我画的可是相当难得。不信你去打听打听行情，少三毛钱我都不卖。”

陈妙低着头，不住地摸着自己的手指头傻笑。

赵粜靠在椅背上，胳膊架着旁边的一张椅子，歪着半个身子：“说真的，嫁给我吧，总拖着我也不安心。爷爷上次肯定也跟你提这事了，我爸妈也着急。”

陈妙摇头：“爷爷才没说呢。他老人家就是指导了我一下咸菜到底该怎么腌。”

“说真的你还有什么顾虑吗？或者是对我不满意的地方？就咱俩这情况，我总觉得早该成了啊！”

“没有啊，我就是还想再当两年未婚青年，不想这么快就变成已婚妇女。”

赵犹急了：“欸？我，你你你……你跟我结婚有什么特亏的地方吗？没吧？你这样我很没安全感欸！”接着又苦口婆心地劝她，“真的，跟我结婚可好了，只要我在家，我什么活都干，也不用担心剩菜剩饭，我就是垃圾桶。再说了，咱要不结婚，现在这就只能算是同居关系，放以前那叫非法同居，多不好听，是吧？”

陈妙紧闭双眼。

她觉得闭上眼，可能就听不见赵犹说胡话了。

到底是怎么样的脑回路，才能导致他在跟人求婚的时候说出自己是垃圾桶以及他俩这是非法同居这种话的？

这人脑子里到底装的是什么？

陈妙闭上眼，眼前都是硕大的问号，问号一个挨一个，有的三五成群，有的排成一列，有的在跳高，有的在跳远，还有的在打乒乓球。它们每一个都在质问着她：你要跟这么一个人结婚吗？那以后你孩子的脑回路也会很奇怪噢！不要忘记你自己也是著名的行为怪异女噢！老猫房上睡——一辈传一辈……

赵犹那边也不说话了，焦急地等着陈妙回答，他没想到这事这么难办。

无论是多好的关系，到了这种人生重要时刻，也还是会紧张。毕竟陈妙要是点头了，她就是他未婚妻了。现在呢，只是他女朋友，偶尔还是他的体能教练，绝大多数时候，是他的好……兄弟。

赵兟托着脑门，心想也许不该跟陈妙混得这么熟。

陈妙也托着脑门，心想赵兟这么半天都不吱声，是不是又在策划新一轮的胡话表演。

两人都不吱声。

明明是求婚现场，现在却搞得跟相亲似的——气氛一度陷入尴尬，还没有人想先开口。

最后，赵兟做了总结陈词："反正你也别想甩开我，不嫁我也休想嫁给别人。"

陈妙的双手从脑门儿移到了鼻子，有节奏地在眼间移动起来，她好像还在默念着什么。

赵兟抻着脖子过去听——

"2234，5678；3234，5678；4234，5678。下一节，揉四白穴。"

说着她手移到了脸上。

她这是在做，眼保健操？

到底是什么人会在被求婚的时候忽然做起眼保健操？

赵兟绝望地掏出手机，关了声音，偷偷给做眼保健操做得热火朝天的陈妙拍了一张照片，发到了微博上："我女朋友在被我求婚的时候拒绝回答，并做起了眼保健操，还给自己喊口令。"并附上了图片。

发出去之后他手机基本就没消停过，微博消息一直在振，赵兟没办法，只能把振动提醒也关了。

陈妙做完了眼保健操："哎呀，世界一片清明啊。走，回家。"

两人简单收了碗筷，刚要出门，陈妙又说等等，她转身去了地下室，抬了一辆自行车出来。

赵兟抓拍到了这个美丽瞬间。

他的女朋友，单手拎一辆破旧的、带大杠的那种，二十世纪八十年代成年男性钟爱的自行车，一步一步从地下室往上走。

他接着又发了一条微博："她还是没答应我，并当场给我表演了提车上楼。"

附图。

"你干吗呢？"陈妙把车放在地上。

"闲的，刷刷手机。"

"姐姐带你，来，上车。"

"不了不了，我先回家了。你自己骑回去吧，你的保险受益人反正也是我。"赵兟连连摆手。

"没事的，没事的，你看，我都能走成一条直线。"陈妙走了几步。

"我俩对直线的定义不太一样就是了，我一般都管那个叫圆。"

两人苦斗良久，最后还是赵烑赢了，他获得了骑车带陈妙回去的资格。

陈妙刚坐上去就又跳下来了：“不对，我昨天刚看的，骑车带人违法。”

赵烑点头:“是,早就违法了,咱们这么多年都没被抓,纯属点儿正。”

陈妙比比画画:“这可不行,要做遵纪守法的好公民。我把车拿下去,你等我。”

“祖宗，别折腾了，抓紧回家吧。”

陈妙还是没拗过他，两人就这么违着法，一路往回走。回家的路上，她一只手揽着赵烑的腰，一只手刷手机。

赵烑在前面特别担心：“你别玩了，一会儿再颠掉了。”

“马上就好。”陈妙的声音还带着点喝醉了的软糯。她看见了赵烑发的那两条微博，一个没忍住就笑了出来，笑了之后又转发评论：

“我同意了。不过骑车带人，确实违法。下不为例。”

赵烑这么多年一直在做的事情，无非是想方设法地突破时间和空间来加深自己和陈妙之间的羁绊。就像是两人之间隔着一座山，他想用木头搭一架梯子去到她那边，他总觉得只要这羁绊和联系越多，他和陈妙之间也就会越紧切。

他在山脚，陈妙在山顶。这些年二人分分合合，有时候离得远心也远，有时候离得近心也近，只是无论是哪种情况，他都一直没放弃。

他高兴的时候就搭得快点，难过的时候就搭得慢点，却始终不曾停手。

可山顶与山脚的距离是那么长，岂是只凭赵皝就能成功的？

故事的最后，是陈妙喝多了酒，她从山顶往下跟赵皝喊话，说赵皝你闪开点儿，我想到了一个快速见面的办法。然后她跳下，那些日日夜夜的坚守和爱意化成风，把她送到他身边，最后跟她的爱人，在这片土壤上，建立起一个家来。

他们再也不需要被什么东西联系着，往后的日子，无论距离远近，他们都永远会紧紧地和彼此的生命相连。

陈妙小声地笑，贴着赵皝后背说：“我答应你了。”

赵皝也笑起来。

番外一

这么丑的人我还嫁呢

小浦到今天，正好是八个月。

不过，小浦不是一个孩子，而是只猫，一只硕大的俄罗斯蓝猫。

赵犹当时就对陈妙起的这个名字很有意见，他说这是留给自个儿闺女的官方指定名字，怎么转过头来给猫了？

陈妙说：“没有啊，那个不是叫赵浦吗？这是陈小浦，小浦，而且姓陈。”

“你说哪个？你那个‘那个’指的是哪个？我闺女吗？我劝你这位同志不要出言不逊，你这样很危险的。”

陈妙连忙告饶，抱着猫四处奔逃，大喊着“我错了，我错了，你别说了”。

每到这种时候她就觉得自己嫁错了人，每天被一个话痨缠着，开不了口，内心苦涩。

陈妙紧紧地搂着小浦：“你以后可别学你爸啊，你看他那个话痨的劲儿，烦不烦人？”

小浦：“喵。”

陈妙大喊：“赵犹，你看看！小浦都说你烦人！”

赵犹端着铲子，围着围裙，从厨房里出来跟陈妙理论，准确地说是跟小浦理论：“你这个小猫崽，你说清楚，我哪儿烦人了？”

小浦吓得直往陈妙怀里钻。

陈妙和赵犹既无婚礼又无蜜月，一是赵犹太忙，二是陈妙也不想大办，于是只是各自叫了相好的朋友到店里吃了个饭，又挨个逼着他们交出了红包。

刘焕然颇为无赖：“你看我像有钱的样儿吗？”

陈妙：“像。”

赵犹：“太像了，你干妈是不是最近拍 vlog（视频博客）来着？”

刘焕然一头雾水：“我干妈是谁？”

“董明珠啊！”

刘焕然笑得合不拢嘴，立刻缴红包投降。

那天她走的时候偶然提了一下，说是朋友家里的蓝猫下了崽，问陈妙想不想要一只过来养。

赵犹赶紧摇头：“怕猫，不养。”

陈妙疯狂点头：“明儿就给我抱来！我去抱也行！我亲自去接！”

然后，小浦就加入了他俩的生活。

赵笐这会儿已经训完了小浦，又回到了厨房。他看着锅里的菜上上下下的，忽然想到一个重要的问题，以后要是真有了孩子，一叫“小浦”，岂不是会有两个“动物”会答应？

还是不能叫小浦，得改过来。

吃饭的时候，这猫就在陈妙旁边的椅子上站着，两只爪子搭着饭桌的边沿，眼巴巴地看着他们。

赵笐越看那张大脸越来气，最近陈妙天天抱猫，都不抱他，他很生气。

这猫的脸好扁啊，生气。

明明不是蓝的为什么要叫蓝猫，一点儿也不诚实，生气。

腿毛那么长，生气。

小浦大概也觉得赵笐不怎么喜欢它，于是孤注一掷，认准了陈妙，又是在她身上蹭来蹭去，又是跟她碰鼻子贴脸，十分亲昵。

赵笐敲敲桌子：“个别人请注意饭桌纪律，个别猫也请检点一下自己的行为。”

小浦“喵”一声，蹿下去自己玩去了。

赵笐嘀嘀咕咕：“这么丑的猫你也养。”

“那是啊，这么丑的人我还嫁呢。”陈妙故意加重了语气。

赵笐当然不丑，这点他自己还是知道的，于是他傲娇地说：“我不跟你一般见识。”

“我也不跟你一般见识。再敢说我家小浦难看，你信不信它真的难看给你看？到时候你的生活里，就不光有一个好吃懒做的妻子，还有一只好吃懒做的丑猫。”

“是够好吃懒做的，咱妈那副耳环张罗多少次了说想传给你，你就是懒得去打耳洞。”

“妈戴着比我戴着好看多了，我，一个对自己有准确估计的人，不能暴殄天物。”

“哎哟，还会用成语。”

“我一直会用，我天天用。”

“行行行，你天天用天天用。”

今天，是热心市民小赵家平淡的一天。

番外二

所以我养一个就够了

赵烑家里催生催得十分紧急，但由于他本人是爱妻狂魔，所以几乎是顶住了所有的压力，指望着自己的妻子能够有那么一点点的自觉，能够意识到此事的重要性。

不过他自己觉得，这也没什么重要的。

孩子嘛，有就有没有就没有，他俩的日子还是一样地过。

就比如说窦园窦老板，直到现在还连个对象都没呢，横向比较的话，他已经很让家长放心了。

窦园最近的相亲频率越来越高，越来越高。

以至于有一次下台，他忽然跟赵烑说：“刚才在台下我至少瞄到三个跟我相过亲的心动女嘉宾。”

赵烑逗他：“要不你去相亲节目得了。就那种带着家长去的，你就带着窦明明，他在前面给你摆平，你在后面负责比比画画，‘这个不行，那个不行，这个可以，这个给我留灯’。”

窦园一把捂住他的嘴："这话可不敢让我家长听见啊！他们是真的敢这么干。"

赵犹最近也跟窦明明常来常往，主要是因为窦明明开了个宠物店，陈妙有时候要带着小浦去洗澡。

陈妙和店员在屋里跟小浦搏斗，窦明明和赵犹就出来溜达。

窦明明吐口烟圈儿："打算什么时候要孩子？"

赵犹叹口气："你这话说得，好像我上大街上一伸手，人家就能给我似的，大爷大妈行行好吧，给俩崽儿吧。"

窦明明笑了："你别说还挺通顺。"但瞬间这脸色就又沉下来，"孩子可不好伺候了，真的，我觉得我都快瘦脱相了。"

赵犹看他一眼："不要胡说八道，宠物店门前不可以打诳语。"

"嗨，嘴瓢了，胖脱相了。"

窦明明的媳妇儿也是平时总跟他一起玩的朋友。两人这几年各自都没少找对象，可处了一圈，还是觉得对方最顺眼，于是飞快地闪婚。

窦明明家长知道消息的时候，这两人已经领证半年多了，连孩子都怀上了。

那阵子窦园可以说是苦不堪言。

三叔三婶给他爸他妈打电话分享了这说甜蜜不甜蜜说痛苦不痛苦反正是有点儿晴天霹雳那意思的消息。

窦园他爸妈这边安慰了弟弟和弟妹，然后撂下电话就开始生气，觉得那老两口子是拐弯抹角地嘲笑他们家窦园还没着落，气到不能忍，就打电话对窦园致以狂风暴雨般的问候。

窦园挨完了骂，自然心里也是气不能平，他再去骂窦明明。

所以说绕了这么多圈儿，最后三叔三婶想要指责窦明明的这个战略意图，是贯彻落实得很好。

窦明明那阵子也特惨，不光得招架窦园，还得挨他媳妇儿骂。

窦明明跟他媳妇儿都是特别喜欢玩儿的人，尤其是窦明明，三天不蹦迪就浑身难受，为了迎驾，他整整忍了十个月。

十个月之后还不够，还要再挺一年。

窦明明目光缥缈："实不相瞒啊哥，我现在听见节奏强烈一点的音乐都浑身发抖，我觉得我媳妇儿根本就是有阴谋的——"

赵莌以为他要提结婚这事儿。

窦明明摇头："不是。就她坐月子时吃的那个月子餐，营养相当丰富。但是她还偏偏不吃完，吃一半留一半，你说我能坐着不管吗？我肯定得打扫剩饭啊，对不对？你看我这胖得啊，现在都没减下去。还蹦迪呢，我现在蹦高儿都困难。"

"结婚之后你就别指望瘦了。"

"不过，我最近皮肤好很多。我媳妇儿有时候挤多了护肤品，也给我抹点儿，摸上去滑滑的，你摸摸？"

“我不摸，感觉怪怪的。”

两人同时长叹一声。

已婚男人，有点苦涩。

未婚男人也有点苦涩。

窦园也想拥有一只猫，别看他这人看着有点高冷，其实私下里是那种会和猫对话的人。比如这天赵兟叫他来家里吃饭，窦园一进屋就跟小浦玩儿上了。

小浦“喵”一声，窦园也“喵”一声。

小浦“喵喵喵”，窦园也“喵喵喵”。

赵兟看着这一人一猫喵来喵去，心里有点瘆得慌。

窦园问陈妙：“我可以抱它吗？”

陈妙说：“你抱，没事的，它除了不让赵兟抱，别的谁都可以抱。”

于是窦园小心地顺着小浦的腋窝把它从地上架起来，又轻轻地放到自己怀里。

“好软啊——”他觉得自己要流泪了。

为什么赵兟命这么好？又有老婆又有猫，生活乐陶陶。

“窦老板，我听说人要是写东西写得太多了，或者就类似于写东西这种输出性的工作做得太多了，是容易把桃花冲散的。你是不是做了太多这种工作啊，所以才一直没碰到相中的人？”

窦园愁眉苦脸：“没有啊。我上次干这种活还是帮赵犹写对联儿，那点儿工作量不至于让我孤独终老吧，那也太惨了点儿。”说罢他去贴小浦的肚子，小浦十分害怕，然而并不敢动。

窦园简直是要哭出来了，太软了，太可爱了！世界上怎么会有猫猫这么可爱的生物呢？

他贴在小浦肚子上，喉咙里接连发出不明意义的叫声，搞得陈妙还以为他是在发送特殊信号，联系自己的母星。

窦园问：“这是只母猫吗？”

陈妙点点头。

他紧紧地抱着小浦：“我要跟它结婚！它太可爱了！我宣布这是我老婆了！”

于是那天，在“岳父”赵犹和“岳母”陈妙的同意下，小浦被带走，到窦园家暂住一周。

赵犹觉得这世界终于清净了，早上再也不用被猫踩醒了，半夜再也不会忽然胸口一沉，被猫压得口吐白沫了。

猫不在家千日好，猫在家一日难。

真好。

晚上临要入睡了，赵犹正坐在床头看书，陈妙做完了护肤工作，也上床躺下。她把被子拉到脖子，只留一个脑袋，问赵犹：“你看我像不像小浦？小浦也特喜欢这样就留一个脑袋在外面。”

赵兟看一眼：“不像，小浦都快被薅秃了，你看你头发多浓密啊。”

“小浦才八个月，你就说它快秃了？”

“那秃了属于事实嘛，跟岁数没有关系。”

“一辈子就光养猫也挺好，也不用考虑学区房或者孩子早恋啊青春期什么的，就是只猫，非常单纯愉快。”

赵兟也仔细想了想，对此表示了认同。

“得了吧，爸爸妈妈爷爷虽然不说，你其他的亲戚可都是挺着急的，我看他们都恨不得我是女娲，随手抟个土就能捏个人出来。”陈妙拿脚踢了踢他。

赵兟还在看书：“不用管，我不在乎就行。”

“你真不在乎？”

“真的啊。”赵兟点头，“我又不是有多大的能耐非要传下去不可，又不是多么多么有钱非得有人继承。再说了，我还可以收徒弟嘛，还不用我养，过年过节也孝顺我，一样的。”

陈妙笑道：“你还挺想得开。”

“那是，我做好了充分的心理准备，毕竟我老婆一般情况下跟正常人想法都是不一样的，我得做好全盘接受的准备。”

赵兟这话是真心的，当然主要是窦明明给他的教训太惨烈。

第一，他不想像窦明明那么胖。

第二，他不想家里有两个活祖宗。如果那时候小浦还在，那就是仨儿。

那时候家里的排名就是：陈妙，赵浦，陈小浦，陈妙心爱的乒乓球拍，赵犹。

太惨了点儿。

陈妙还是很好奇，也坐起来：“你就真一点儿都不着急？”

赵犹摸不着头脑——他到底，应不应该着急呢？这题明显送命啊，但还是如实答吧。

“是啊，不着急。作为育儿专家，我本人虽然累积了一些实战经验，但……”

“你是哪门子育儿专家？育谁了？”

“你啊。你看，给你排忧解难，给你人生上的指导，还给你做饭，我多称职啊！”

陈妙理亏了。

“你说我是不是这屋里唯一的育儿专家？”

“是……”

赵犹来劲了：“育儿专家我啊，这些年积累的心得就是，一碗水是不可能端平的。家里一旦出现了两个或两个以上的孩子，父母肯定就要偏心。”

他伸手摸了摸陈妙的头顶，开心地说：“所以我养一个就够了。”

赵甡想法也很简单，日子是自己的，管家长亲戚朋友们怎么说呢，他俩过得高兴就够了。

他希望自己跟陈妙这辈子都能始终这么傻傻乐乐地工作、生活，他演出，她开店、当教练，一直都能这么平淡但充实地过下去。

今天，也是热心市民小赵家平淡的一天。

（全文完）